LA VIUDA DE FANTOMAS

*A Cynthia,
estos cuentos
que aspiran a
la libertad
y al viaje...*

*Mario Phoenix
28-I-2000*

Mauricio Carrera

La viuda de Fantomas

LECTORUM

COLECCIÓN MAREA ALTA

LA VIUDA DE FANTOMAS
© 1999, Mauricio Carrera
D.R. © 1999, Lectorum, S.A. de C.V.
Antiguo Camino a San Lorenzo, 220
C.P. 09830 México, D.F.
Tel. 612-0546

Primera edición, octubre 1999
ISBN: 968-7748-52-4

Portada: Mónica Jácome y Sergio Osorio
Foto del autor: Karyn Schell
Características tipográficas aseguradas conforme a la ley. Prohibida la reproducción parcial o total de la obra sin autorización por escrito del editor.

Impreso y encuadernado en México
Printed and bound in Mexico

A mi agüe Toña
a mi abue Esperanza
—bisabuelas de Diego—

A Huberto Batis
y Alí Chumacero

LAS VACACIONES EN EL LIBERTAD
DEL ZURDO BARRENECHEA

A José Francisco Conde Ortega

Los peces voladores saltaban frente al velero, que, impulsado por un buen viento del sureste, surcaba el mar caribe. A lo lejos, con su apariencia de nube, la isla apareció sobre el horizonte. El naranja y dorado del amanecer le fue ganando a las sombras y a las estrellas, coloreó las crestas de las olas y también las velas. *Libertad*, se llamaba. Un velero de diez metros de eslora que era, además, de un brillante pasado de lucha clandestina y de cárcel, el orgullo de su capitán: el zurdo, el zurdo Barrenechea.

El zurdo, porque con esa mano empuñaba la pistola o lanzaba granadas; también, porque de ese lado tenía su corazón y sus ideas. El zurdo, siempre así con ese apodo, desde la escuela de párvulos por su escribir equivocado, o más tarde, en la preparatoria y las aulas universitarias, por una ideología de frente altiva que no dejaba ningún lugar a dudas: izquierdista, marxista. Era el zurdo y siempre lo sería. Tras poner en práctica la teoría, con ese apodo pasó a la lista negra de la CIA y de los malhadados gorilas. Bombas, secuestros, sabotaje de torres eléctricas, ataque a cuarteles, robo de bancos y el asesinato del embajador norteamericano: acciones todas que le habían dado fama y también precio a su vida. Washington lo reclamaba, lo mismo el general Sforza. Un Sforza, que iracundo y enrojecido, tembloroso como se ponía de la zorruna y temida cara, nombraba y destituía jefes militares que prometían y prometían pero no habían podido hacer nada por encontrarlo. Cuatro años desde entonces. Cuatro años de andar así, a salto de mata. De atacar y retirarse, de hacer burla de sus perseguidores, de dejarlos con las manos vacías y un dolor en las insignias y allá en el hígado, y de adquirir el tamaño —en algunos corazones y algunas esperanzas— de figura legendaria. El zurdo Barrenechea. Terror de los gorilas y de la plutocracia. Así lo cantaban, entre otras lindezas, algunas ciertas y otras imaginación pura de los poetas, las canciones de protesta y los labios de los pregoneros a espaldas de los milicos y de los vendepatrias.

Cuatro años así. Hasta que un día…

Lo de costumbre: un nuevo Judas. Erwin el Heidi Valencia.

Le decían de esa manera por la pequeña Heidi, la pastora de los Alpes, a quien en los cuentos infantiles se le veía cargando a dos cabras, una bajo cada brazo. El Heidi Valencia no trabajó nunca en una granja ni se le vio en establos o con cabras, pero de sus axilas provenía un olor semejante, como si no hiciera otra cosa que cargarlas. Un apodo preciso, aunque tal vez demasiado tierno e inocuo para alguien que además de maloliente era un canalla. Veinte mil dólares y un salvoconducto para abordar el avión que mejor le conviniera, ese fue su precio; así vendió al escurridizo zurdo, a quien llegó a decirle amigo, camarada, y en otros momentos, los de mujeres y bebida, hasta hermano del alma. Valencia, que debía protegerlo, lo dejó sin guardia, proporcionó los datos a Sforza, los militares irrumpieron por sorpresa y sin mucho ingenio lo capturaron, lo peor: sin darle tiempo de desenfundar su pistola y llevarse por delante a alguno de sus atacantes. Valencia murió de un balazo en la cabeza apenas llegó a Londres; pero si al saberse igualmente traicionado tuvo tiempo de arrepentirse o de rezar, ya era tarde. Barrenechea, esposado, fue conducido entre maldiciones y culatazos a la cárcel de Modena.

—Lo peor, mi vida, eran los golpes en los huevos…

Barrenechea lo recordaba, mientras Estela, recién despertada, subía a cubierta, y tras darle un beso en la boca, se sentaba a su lado. Estaba desnuda del pecho y la brisa fresca de la mañana levantaba sus pezones. El zurdo la contempló. Hermosa. Una linda costeña. La había conocido en un viaje de estudiante a Colombia y Venezuela. Admirador obvio de Bolívar —cualquiera que leyera sus proclamas podía saberlo—, Barrenechea había querido seguir su itinerario. Visitó en Caracas la casa donde nació —el día del terremoto, mentía—, lo imaginó llorando, viudo, por María Teresa del Toro, quiso conocer en Roma el monte Aventino, donde había prometido, y lo cumplió, dedicar su vida a la independencia del continente americano, contempló desde una pequeña colina el sitio de la batalla de Carabobo y más tarde la de Boyacá, así como el reñido puente que conquistó en dos horas; navegó las aguas color de tierra del Magdalena, llegó a Cartagena, y finalmente, a la hacienda de San Pedro Alejandrino, donde sin fama ni gloria, como cantan los corridos y las milongas, el Libertador murió menos de tuberculosis que de penas y desencantos. Tras esa visita, el zurdo quiso mitigar el calor de la tarde y la tristeza de aquella muerte solitaria y desolada, con un buen trago de ron en la cercana Santa Marta. Ahí la conoció. Estela Ospina, se llamaba. Con ella pasó el mejor julio-agosto de su vida. Su cuerpo moreno, los días de playa, la visita a los tayronas en la Sierra Nevada, la impresionante vista del pico Cristóbal Colón desde su ventana, la nariz bellamente chata, la forma como decía "chévere" o "vaina" y las noches de amor en el hotel o en alguna barca.

—Lo peor de todo, mi vida, eran los choques eléctricos.

En la cárcel, en el obscuro calabozo al que lo recluyeron, Barrenechea pensaba en ella. Lo hacía para no perder el juicio ni el afán de sobrevivencia. Había perdido la cuenta de los meses o años que llevaba encerrado. Algún día saldría. Algún día en el que el país entero se levantara en armas y derribara a Sforza. Era tan fácil. Cuestión de decidirse, de decir hasta aquí llegamos. Como él. Porque tras ese viaje en pos de Bolívar, el zurdo Barrenechea se juró no descansar hasta acabar con el gorila. Después, ya veremos lo que sale de estas ruinas —decía, lo suficientemente inteligente como para refrenar algunos de sus ensueños de sociedades más justas, de hombres y mujeres con más comida y más sonrisas—. La historia le enseñaba cautela. Pero mientras ese momento llegaba, a darle duro y por donde más le doliera al tirano. A él y a sus socios, los de adentro y los de afuera.

Un 23 de junio se levantó.

Un acto tal vez insignificante: el robo de sus armas a tres gendarmes —a diez, como se escuchó más tarde en las canciones—, pero un acto de valor con el que dio inicio a esos cuatro años, que eran de lucha para los que lo veían como héroe, de fechorías para los que lo tachaban de delincuente, y de dolores de cabeza para Sforza, quien no dejaba de considerarlo más que un grandísimo hijo de puta.

—Lo peor, mi vida, eran los simulacros de fusilamiento…

A las armas, pueblo. A decir basta. ¡Era tan fácil! El zurdo confiaba en que otros seguirían su ejemplo. Algún día. Y cuando ese día llegara, tras constatar que las cosas en el país marchaban, guardaría hasta nuevo aviso sus armas, mandaría por Estela y se largaría con ella a navegar por el Caribe. Se lo había prometido en Santa Marta: un velero, un enorme velero con qué surcar el océano. La llevaría a Curazao y a Jamaica —otra vez el Libertador—, o a donde ella soñaba: las cristalinas aguas de Bonaire. Le quitaría el bikini —el de color amarillo con el que la había conocido—, tomarían rones, harían el amor en las noches de luna y sin luna, se meterían al mar a dejarse llevar por las olas y por el recuerdo de ese primer encuentro, saldrían a cubierta a no perderse los atardeceres, le darían la vuelta al mundo, al continente. Nunca más se separarían, le prometió a Estela. Todo eso y más alentaba a Barrenechea: esas justas vacaciones y el velero: sus grandes letras en la quilla y en la popa con el nombre *Libertad*. Recordó la sonrisa y los pezones levantados de la linda costeña.

—Lo peor de todo, mi vida, era no tenerte a mi lado...

El zurdo descubrió que si pensaba en esas vacaciones podía mitigar, ante la soledad y la tortura, el dolor y la incertidumbre. Así, en esas interminables semanas en que perdió la noción de cuándo era de día y cuándo de noche, en esos meses de una obscuridad sólo rota por la entrada de los carceleros que tenían órdenes de llevarlo —vendado, atado, arrastrado— a lo que ellos llamaban la Sala de Juegos, en esos años en que fue objeto de golpes que esperaba pero que no sabía por dónde o cómo vendrían, en esos años de terror y en los que a ratos hubiera preferido la muerte, Estela y el velero acudían de inmediato para sacarlo de Modena y para no hacerlo pensar que estaba, y tal vez para siempre, a merced del malnacido Sforza. De esta manera, si se trataba de las quemaduras de cigarro en los párpados o en las tetillas, de los alambres colocados uno en el culo y otro en la lengua, o de la vez que entre calificativos de marica lo violaron, o del tenerlo colgado bocabajo durante horas, o los golpes a los huevos, o el intentar ahogarlo en un bote con caca y orina, o de esos meses y esos años de obscuridad y silencio en el calabozo, el zurdo se iba de vacaciones. Estela y el velero eran su morfina, su venda para las heridas, el abrazo con el que sus sufrimientos se esfumaban. Los mismos torturadores, frustrados, se sorprendían, si no de su fortaleza, de su empecinamiento; de cómo a pesar del olor a carne calcinada, la piel que se caía a pedazos y otros juegos —así les llamaban los soldados— que llegaban a provocar desmayos en uno que otro de los militares novatos, Barrenechea no se doblegaba. Un tiro en la cabeza o una cuchillada en la yugular, era la sugerencia. Sforza no lo permitía. Lo quería ahí, a sus pies, por los siglos de los siglos. Incluso a los yanquis, que exigían extraditarlo, les había mentido: estaba muerto. La versión oficial: en un intento de fuga. El cuerpo, por completo desfigurado, había sido de otro guerrillero, ese sí falto de resistencia en el corazón para soportar la tortura. La CIA sospechó; en Washington se llegó a hablar de la suspensión de la ayuda económica y militar hasta que el caso se esclareciera, pero la prensa norteamericana —dócil, manipulada— lo creyó, la opinión pública descansó desagraviada, y como Sforza, ese otro hijo de puta, era un aliado como ningún otro en la zona, el asunto terminó por olvidarse. Barrenechea el falso fue a dar al camposanto mientras Barrenechea el verdadero se refundía y tal vez para siempre en los calabozos de Modena.

—Lo peor, mi vida, era oír mi apodo... El zurdo, el zurdo...

Estela lo escuchó atenta y adolorida. Los militares lo llamaban: "Eh, zurdo". "Eh, zurdo", y lo llevaban a la Sala de Juegos. Un "eh, zurdo" que oyó a diario los primeros meses y que se fue espaciando ¿por lustros, décadas, siglos? conforme Sforza se fue tal vez aburriendo de su tarea vengativa. Un llamado, sin embargo, que era la señal. Una señal que lo atemorizaba y lo hacía temblar, porque tras la mención de su apodo venía la luz insoportable, la venda para los ojos, la conducción por pasillos llenos de olor a sangre y de otros gritos, de otros lamentos, y de aquellos golpes, la punción, el flujo eléctrico, la tortura. El no saber lo que ocurriría. El dolor, sí, pero cómo y en dónde. El "eh, zurdo", y la descripción de cómo diez soldados habían violado a su hermana y ella lo había gozado, o el "eh, zurdo" y la práctica del yugo con la verga o con los huevos, o en esa ocasión, la última, con el "eh, zurdo" y el no dejarlo dormir por espacio de varios días. Días de vacaciones. Ahí estaba Estela —la costeña le apretaba una mano, amorosa y solidaria—, y ahí también el *Libertad,* que surcaba las cristalinas y tibias aguas del caribe. Aquí esa alegría, ese gozo en el alma. Días que Barrenechea —quién lo creyera— recordaba ahora como una manera de olvidarlos. Afortunadamente habían quedado lejos. ¡Por fin! No más cárcel, no más calabozo, no más gorilas sino un pueblo que había exclamado basta, y él, que otra vez libre, navegaba por el mundo y por su nueva vida.

—Lo peor, Estela, era no saber si volvería a verte...

Pero ella estaba ahí, junto a él. Había pasado todos esos años luchando por su liberación. Cartas y más cartas a Amnistía Internacional, a Americas Watch, a toda organización o persona en el mundo que pudiera hacer algo por ayudarle. Y aunque Estela misma llegó a llorar y a jalarse de los cabellos al escuchar las noticias, no creyó en su muerte ni en las versiones —que también corrieron— de que el zurdo vivía en realidad en Suiza, una vida cómoda y despreocupada, con los dos millones de dólares con los que Sforza le había llegado a la voluntad y al precio. No, no lo había creído. Por eso, el día de la liberación, la costeña se había apostado desde temprano frente a la cárcel para verlo salir. Barrenechea —barba crecida, verde la piel, en los puros huesos, cojeando, irreconocible— la abrazó y la besó. Ahora estaban en la cubierta del *Libertad*, mecidos por la suave brisa de la mañana y de una existencia mejor y menos complicada.

El zurdo acarició la mano de Estela, su vientre, su pezón. Ella sonrió y se dejó hacer, los ojos cerrados, ligeramente estremecida.

—Amor mío...

Él nunca la había llamado así. El amor, Estela lo sabía, era una palabra que los hombres temían. Así que aceptó feliz la inesperada declaración. Recargó su cabeza sobre sus hombros y guardó silencio.

Las velas se hincharon orgullosas y el velero continuó con rumbo a la isla, cortando las olas.

Llegarían, si ese buen viento del sureste continuaba, en unas cuatro horas. ¡Bonaire! A los peces voladores les siguió una manada de delfines, que acompañó al velero por espacio de algunas millas. La isla, más pequeña y por lo mismo menos visible que Curazao —donde habían pasado una semana bebiendo cervezas holandesas—, les pareció de un plano inquietante, como si se acercaran a un desierto. El sol salió primero lento y luego rápido en medio de un amanecer que ameritaba la foto o el aplauso. Lo mismo Venus que esa media luna debajo del brillante planeta terminaron por borrarse en el cielo. El mar continuaba tranquilo. Las olas, de un azul profundo, cambiaban en ocasiones a una tonalidad verde, que presagiaba la cristalina reputación de aquellas aguas. Barrenechea se alegró. Manejaba el timón con la izquierda y con la otra mano recorría el rostro de la costeña. Era feliz. Había cumplido sus dos grandes sueños: el ver a su patria liberada —con el tirano Sforza muerto de una certera bomba que lo mandó si no directo al infierno entonces al quinto piso de un edificio en el centro de la capital— y regresar con Estela. Su Estela. Estela que le había dado la fuerza. Estela que estaba ahí. Estela que era Estela. Si a Bolívar, como llegó a pensarlo en sus días de encierro en Modena, le apodaban el "culo de hierro" por su perseverancia, a él, el zurdo Barrenechea, terror de los gorilas y de la plutocracia, no le quedaba más que ser igual. No dejarse vencer ni doblegar. No sucumbir. Pensar en Estela, en esas vacaciones. En cómo se asolearían los dos en la playa, en cómo se besarían... Esas imágenes. Cuestión de sobrevivencia. Y lo había logrado. Nunca más la tortura, nunca más separarse de ella. Bonaire estaba ahí, a la vista. La piel se le enchinó de contento. Besó a la costeña en la boca y la recostó en la cubierta. Paseó su mano por sus piernas y la subió hasta encontrarse con un pecho, el pezón levantado.

—Amor mío —le dijo.

Ella iba a responderle, cuando de repente se abrió una puerta.

—Eh, zurdo —lo llamaron.

La luz enceguecedora se llevó de un sólo golpe a Estela y al *Libertad*.

—Eh, zurdo.

Recargado en una de las esquinas del más obscuro de los calabozos de Modena, el zurdo Barrenechea se puso a temblar y a llorar. "Estela", gritó, cuando el carcelero lo sacó a golpes, arrastrándolo de los cabellos.

MILLROY, LOS GENERALES DE MAO Y LOS PÁJAROS MUERTOS

A Eduardo Cruz Vázquez

El corpulento alemán catapultaba uvas al escote de las mujeres. Eso lo recuerdo: su bigote a lo Bismarck, su sonrisa de niño en primera fila de circo, sus guantes de dieciséis onzas y la fama de campeón invicto que lo rodeaba, eficaz escudo contra el reclamo de los maridos peso mosca y la bofetada indignada de las viajantes solteras. *Richard der Grosse*, se llamaba. Su nombre de batalla, por supuesto. Una mandíbula de rompehielos y unos puños que ya llevaban en su cuenta veinte narices rotas, un hígado salido por la boca, un réferi que se cruzó en el camino de un golpe volado, doce pesos completos en camilla y no sé cuántos marineros ingleses y franceses en históricas peleas de puerto y de plaza pública. Eso lo sé de cierto, porque su encordada carrera —su impresionante lista de *knockouts* y sus derechazos de dinamita y cloroformo— la seguí en periódicos o en los noticieros antes de las películas, cuando entre las imágenes de la guerra de Corea y el bajar de Cary Grant e Irene Dunne de las negras limusinas en la noche de los Óscares, liquidó en cuatro rounds al *Destroyer Smith,* para ganar el cinturón de campeón del mundo. Eso, o cuando se casó con Alma Coupland, la mujer que lo arruinaría, toda ella voluptuosidad y maneras obvias de prostituta de quinta, o aquella otra, cuando le quitaron la racha invicta y lo dejaron de un jab a la barbilla con su medio hablar y caminar entre de párvulo y de manicomio, o finalmente, cuando por sobre todos los sitios del planeta, llegó a México ¡a México! para trabajar primero como guardaespaldas de un secretario de Gobernación y después como actor, en denigrantes papeles de científico loco o de momia azteca.

Claro que lo recuerdo: las infantiles gracias —si así podrían llamársele— y el carácter invulnerable, casi inmortal, del todavía campeón *Richard der Grosse,* catapultando uvas. Una que cayó entre los generosos pechos de la cupletista madrileña y aquella —se llevó uno de mis aplausos— con la que le picó un ojo al estirado banquero suizo, el del maletín que uno imaginaba lleno de gruesos fajos en dólares —*argent de poche*, como de seguro lo hubiera llamado— y el de los anatemas en contra de los rusos. "¡Gagarin! Ja", se burlaba, "Gagarin —y pronunciaba su nombre como si algo le raspara en la garganta—, el único espacio que conoció fue el de su *dacha*. Un engaño. ¡Poner un hombre en órbita! Que se lo cuenten a Julio Verne. Ja". Una risa, la suya, que recuerdo con ira y con desprecio pero que me sirve, mínimo, para ubicar en el tiempo aquel trayecto. Año de 1961. Un viaje que parecía interminable y en el que las solteras se sonrojaban, el banquero se ofuscaba, las uvas caían casi silbantes como bombas, la cupletista dejaba ver no sólo una cierta y entendible molestia sino, aparte del estupendo pecho, un par de magníficos muslos que ignorábamos a quién se dirigían, si a mí o a Millroy, pero un viaje en el que tanto él como yo, acompañados casualmente por el enorme rompe quijadas alemán, no dejábamos de beber y también de divertirnos:

—A la derecha. Tres grados más. Preparen, apunten, ¡fuego!

La uva iba a dar al respaldo de la silla de aquel hombre que algo tenía de Darwin caricaturizado de mono, y no a su nuca, que tal era nuestro blanco, como lo habíamos planeado con alegre y dedicado esmero.

—Cuatro grados.

—No, cinco —corregíamos, sabedores que poniéndonos del lado de *Richard der Grosse* nos salvábamos de las uvas y tal vez de uno de sus sólidos derechazos.

—Preparen, apunten, ¡fuego!
—¡Bravo!
La uva había dado en el blanco.

No hicimos caso del rostro descompuesto y las maldiciones en inglés del enfurecido darwiniano. Nos dedicamos tan sólo a festejar nuestra buena puntería con aplausos, así como con el chocar victorioso de nuestros tarros de cerveza.

Todo eso lo recuerdo bien: los preparen, apunten, fuego, que se le ocurrieron a Millroy y pusimos en práctica con singular despecho de nuestras edades físicas y mentales; o los muslos de la cupletista, con la que terminé teniendo un breve y apasionado encuentro en una larga noche a la que a ambos quisimos quitarle lo fría y aburrida; o al banquero suizo, con sus ja, ja, ja que tanto me irritaban y su aspecto obvio de magnate capitalista. Todo eso y más, insisto, lo recuerdo, como si hubiera sido ayer, o una semana antes. Lo que no recuerdo, sin embargo, es si fue de Ósaka a Tokio, de Leningrado a París, si en el transiberiano o en el expreso de oriente, en el *Leonidas* navegando el Bósforo o en el *The Magician* en la ruta corta de Macao vía Madagascar.

¿Ferrocarril o barco? ¿El movimiento suave de las olas o la vibración somnolienta de los rieles? Es curioso: las imágenes se entremezclan en una serie de paisajes imprecisos. ¿Besé a la bella cupletista bajo el cielo japonés, la claridad chilena o las candilejas parisinas? ¿*Richard der Grosse* echó por la borda, en una larga y ruidosa vomitada, las veinte cervezas que por querer ganar una apuesta con Millroy se había tomado, o fue asomándose por la ventanilla del tren que nos llevaba de Moscú a Estambul? Y finalmente, a mi buen amigo Millroy, ¿lo conocí dónde? ¿En el carro comedor de algún incierto destino ferroviario o en la barra de bar de algún elegante trasatlántico?

No recuerdo.

Los riesgos de la edad, supongo, aunque en mi caso —acotación necesaria— agravado por los peculiares avatares de la carrera diplomática. Muchos lugares, muchos viajes y aquella vieja consigna: no perder el tiempo en echar raíces.

Enamorarse de un país, como decía Millroy, es un asunto complicado. Un día aquí, otro allá, con las maletas siempre listas y el corazón blindado. Revoluciones, guerras, cambios de gobierno, caprichos burocráticos, recortes presupuestales, la atrayente categoría de *persona non grata*, eran cosas de todas las horas, de todos los días, de todos los países y de todas las ciudades. Siempre ahí para recordarnos: no hay que encariñarse. Ni con las geografías ni con las personas. Una lección que aprendí casi de inmediato, cuando con el empuje de un pequeño libro de poemas y un tío que para mi buena fortuna fue compañero de escuela del presidente, llegué a París en mal momento —la proximidad de la guerra, me refiero—, ocupando un cargo menor en la embajada. Dos o tres meses de vida inquieta, del descubrimiento gozoso de las parrandas parisinas: café, cigarro, vino y mujeres, bares y camas, todas las noches; y a la mañana siguiente, juventud, divino tesoro, al trabajo como si nada; o aquellos paseos, dominicales y sabatinos, por el Jardín de Luxemburgo, o por las tardes, ya con algo de vino encima, por las angostas y quebradas escaleras de Montmartre, acompañado de sueños y poemas de juventud que nunca llevé a cabo, o por Marlene, mi preciosa guía de turistas, mi novia de los diecinueve años y su departamento sobre la *rue* Alsace en el que llegamos a pasar algunas veladas. Dos o tres meses tan sólo de esa vida, hasta que el empuje de Hitler y su división *panzer* hicieron evacuar la sede diplomática y a mí, de súbito desposeído, situado en un drama posadolescente, llorar por esa ciudad que había sido mía, así como por esa novia a la que —órdenes son órdenes— no pude llevar conmigo ni del brazo ni en la maleta, cuando abordé el tren que me llevaría de la *gare du nord* a Lisboa. Ahí, pendiente de las noticias en los periódicos, a esperar lo que pasara y el descubrimiento de esa palabra que es una molestia en el alma: la *saudade*. Marlene, París, la Lisboa triste y lluviosa de aquellas tardes de café y oporto, la Inglaterra encendida y bombardeada, el largo peregrinar que seguiría desde entonces, y el escalón tras escalón, por méritos propios y la necesaria dosis de relaciones —para nadie es un secreto— que algo ayudan en esta carrera, la de la diplomacia. Una trayectoria, la mía, que ha sido al mismo tiempo modesta y brillante. En ocasiones, por un sexenio poco afortunado, en un consulado menor, o en una ciudad donde todo, hasta los lupanares, cerraban temprano, o en un país donde imperaba la mosca tse-tse, el calor y la malaria, o en épocas más gratas y benévolas, de vuelta a París —Marlene, a quien encontré por azar, casada con un gordo carnicero—, o en Pekín, Tokio, Berlín o en mi ciudad favorita, Leningrado. Viajes y más viajes, mudanza tras mudanza, y la obligación, por salud mental, de lo que desde el principio se me dio por aprender con lágrimas y maletas apresuradas: no arraigarse demasiado.

Las geografías, por lo tanto, se desvanecen. Son cosas, diría Millroy, de cartógrafos, de obsesivos de brújulas. Los países y las ciudades son, para nosotros, un lugar cualquiera junto a la fecha de un oficio o de una carta; un periódico que algún día leímos.

Las personas... Con las personas es diferente. También viajan. Al banquero suizo, por ejemplo; lo volví a encontrar en varias ocasiones —la primera, el día que murió Nikita Krushov, "ese campesino", como lo llamaba, y la última, hará cosa de diez años, cuando en una reunión del Fondo Monetario Internacional se frotaba gozoso las manos al escuchar las cifras de la deuda externa latinoamericana—. A él y a muchos otros los vi en diversos momentos. En el transiberiano o en alguna aduana de la carretera panamericana. A la cupletista madrileña… Gloria, Gloria Saura, recuerdo ahora que se llamaba, a quien por invitación suya escuché en una presentación que dio en Buenos Aires o en el Teatro de Bellas Artes de la ciudad de México, y de quien lamenté su muerte, menos por la voz que por el estupendo pecho y los muy agraciados muslos —las noches aquellas de hotel y camarote—, cuando un accidente de orígenes nunca aclarados destruyó el 727 en el que para su mala fortuna viajaba. Esas personas: ella, el codicioso banquero, ¿Fritz, era su nombre? y ya he hablado de aquel otro, el gigante, el temible *Richard der Grosse*, el quebrantahuesos germano, de quien presencié —en vivo, por la radio y más tarde por intermedio del recurso televisivo— su arte en los encordados: es decir la manera como mandaba a la enfermería a todos sus adversarios, y a quien todavía llegué a ver, recargado sobre un sombrío y maloliente portal de las calles de Cinco de Mayo, pidiendo una limosna bajo el lema —que por no esperar de él me pareció doblemente conmovedor y sufriente— del una ayudadita, por el amor de dios, que no he probado pan en una semana.

Viajar es así. Los viajeros, a final de cuentas, somos una casta tal vez complicada pero reducida. También privilegiada. Somos pocos, así que los encuentros se multiplican. En un tren, en un barco, incluso en un avión —cuya rapidez me disgusta porque echó a perder la posibilidad de los encuentros inesperados, de las largas conversaciones, de las amistades tal vez para siempre, que eran el atractivo de los viajes a la antigua: esos tiempos hoy tan perdidos y añorados. Tiempos en los que ellos estaban: la mujer del abanico, que acompañada por una tía pálida y avejentada, encontramos en un tren o en un barco, y que volvimos a encontrar, no una sino muchas otras veces, junto con la misma tía igual de pálida aunque cada vez más avejentada y más cercana a la tumba, en otros trenes y otros barcos. O la actriz francesa, amante según algunos de Jean Paul Belmondo, a quien encontré me parece que camino a Nueva York y a la que años más tarde, junto a la estatua de *Il Mosstro*, de Da Vinci, en el aeropuerto de Roma, le encendí un cigarro. O el novelista peruano, o el industrial holandés, o la mujer del dictador latinoamericano, o Baggio, el diseñador de modas, o Szeryng, el violinista polaco, o Serge, de quien casi podría jurar que detrás de sus credenciales de agente de ventas se escondía o un espía o tal vez alguien que detrás de la puerta usaba medias y maquillaje, y por supuesto, mis colegas del cuerpo diplomático, los representantes más típicos, no los mejores ni más dignos de esta casta de viajantes.

Y entre todos ellos, mi buen amigo Millroy.

Millroy, a quien conocí durante ese viaje en que las uvas caían sobre escotes o nucas y en el que, con gritos y beber de cerveza, o con el ajuste necesario de nuestra improvisada catapulta, celebrábamos o nos quejábamos, según nos fuera con nuestra estupenda o pésima puntería. Millroy, que —incluso en ese juego al lado de *Richard der Grosse*, un juego que más que infantil o adolescente era, lo he dicho, un ejercicio práctico de sobrevivencia— tenía lo flemático y rígido del inglés educado, aunque en su caso aumentado al cuádruple por lo que no podía ocultar: su orgullosa pertenencia al *Foreign Office*. Yo lo miraba —en ese tren o en ese barco— entre divertido y admirado: ese toque de fino pulimento que lo separaba de sus antepasados, todos ellos, hasta el padre (lo contaba con una seriedad de dudarse), mineros de carbón en Manchester, y también de la delgada línea que por color de piel e idioma lo haría emparentar con otras nacionalidades. Un pulimento no sólo de pantalón de raya perfectamente planchada o de un acento al que su profesor Higgins interno (de ser cierto lo que aseguraba) le había quitado su cantar de barrio bajo, sino también de manos —esos finos movimientos, delicados y precisos, capaces de comer pan tostado, ¡"tostadas", como se lee en las novelas! y mermelada (de cítricos; naranjas agrias, por supuesto) sin ensuciarse el bigote o los dedos—. Esa actitud de no mostrarse nunca despeinado, y aún en las situaciones de peligro —en ese viaje, por lo menos, la divertida apuesta con *Richard der Grosse*—, su actitud estoica, británica, de aquí no ha pasado ni pasará nada.

Era alto; alto y delgado como un arbotante italiano, ese Millroy. Con un bronceado que a las mujeres les hacía sospechar una vida dedicada al cricket o al polo y a mí —no sin cierta envidia— imaginar una versión moderna de *Gunga Din* o *Las cuatro plumas*: el oficial que ha pasado una larga temporada en la India, entre los peligros y los calores coloniales. Usaba —un curioso anacronismo— un reloj de cadena en lugar de uno de pulsera; y era sordo de un lado. Del oído izquierdo para ser exactos.

—¿Perdón?

Millroy, señalándose la oreja, informó con orgullo más que con pesadumbre:

—China. La gran epidemia de influenza. 1949. No escucho nada.

Tuve que repetirle mi comentario: cualquier cosa sobre el clima, el viaje, el banquero suizo o el boxeador germano. Un comentario que, al cambiar de lado, aceptó con una sonrisa y la apropiada respuesta que en los viajes largos da pie a las conversaciones, y si la conversación no es aburrida, al intercambio de tragos y tarjetas... con la dirección correcta, es claro.

—¿Así que China?

Millroy había estado ahí, en Beijing, como primer secretario. Testigo de la revolución cultural y de cómo el general Mao se fue haciendo gordo y más gordo, decididamente viejo y más viejo, por completo alejado de los tiempos que pasaban y de la realidad de un mundo que cambiaba. Testigo de cómo China, la milenaria China, se hacía cada vez más contradictoria, alejada, dramática. Quince años, aseguraba Millroy, en ese *bloody* sitio. Lo de *bloody* —una palabra que *era él*, que relacioné siempre *con él*— sonaba en sus labios, más que a maldición irremediable, a muestra de bondad o de cariño. Amaba a China. Era capaz, a diferencia de los norteamericanos, que escuchan comunismo y si supieran hacerlo se persignaban, de reconocer la grandeza y bondades de la idea. Hay belleza en la visión del comunismo, como Millroy llegó a declararlo en otras tardes de copas y de restaurantes lujosos o de burdeles obscuros y decadentes. Una frase no surgida de la nada. La había aprendido de su abuelo y de su padre, inflamados como llegaban de las reuniones del sindicato minero, y también por lo que había visto —¿o entrevisto?— en esos tres lustros que algo le habían dado de sinólogo, y vamos a decirlo así, de una curiosa mezcla de saludable escepticismo y, mejor aún, de saludable esperanza. Ese sueño: lo que la humanidad podría lograr de provecho —lo expresaba con desprecio— "si el *bloody* hombre no fuera, esa vieja maldición, el *bloody* lobo del hombre".

—Los que fallamos somos nosotros, no las ideas. Stalin. Mao... Mao —suspiró—, que era un ángel y un demonio.

Millroy lo había visto levantar un país en bancarrota, asolado por un pasado ilustre sólo en los palacios cerrados y en la mesa llena de unos cuantos privilegiados. Un país ¡un continente casi! que no había podido hacer nada ante el empuje militarista japonés y ruso, un país muerto de hambre, débil, desolado, y por si fuera poco, el de mayor población del mundo, hasta convertirlo —pura voluntad propia— en una potencia con voz y voto, un peligro nuclear. A costa ¿de qué? Muchas vidas, sacrificios, errores. Millroy, alzándose de hombros, lo reconocía. Pero también de hacer creer a los chinos en sí mismos, y claro, en hacerlos creer en él: Mao. Mao-Tse-Tung. El revolucionario. El viejo dirigente gordo, achacoso, quien para demostrar vigor y dar un ejemplo de decisión y empuje, se metió un día a las amarillas aguas del Yang-Tse para nadar cinco millas, rodeado de un pueblo lleno de aplausos y vítores que desde canoas y corazones apremiados lo seguía con aplausos y canciones. Río abajo, obviamente. Ese era el truco, la jugada maestra. Millroy, al recordarlo, se reía con la expresión juguetona de un niño algo crecido. Mao-Tse-Tung, después de todo, le resultaba, si no simpático o despreciable, interesante. Tuvo la oportunidad —y en este caso oportunidad era la palabra exacta— de conocerlo. Ese momento de la historia. Ese hombre, tirano, héroe, gigante, ¡dios! que entendía poco de economía —la economía real, la que no se estudia en los libros sino en los estómagos vacíos y en los monederos de las mujeres que van rumbo al mercado—, pero que a una orden suya —y Millroy de nueva cuenta, flemático y todo, sonreía— era capaz de mover montañas, o de obtener metales donde no los había, o de organizar marchas asombrosamente kilométricas y de aniquilar —la anécdota que más recuerdo de aquel, nuestro primer encuentro— todos los pájaros de la misteriosa y legendaria China.

Millroy lo remedó, inflando los cachetes y sacando la barriga:

—"Para combatir el hambre necesitamos un general" —dijo Mao—. "El General Cosechas. Porque no podemos tener cosechas si las frutas o los granos se las comen los pájaros. Si queremos comer, hay que matarlos".

—¿A los pájaros? —lo acompañé en su sonrisa, pensando de seguro en una broma.

—Sí, a todos.

A Millroy le tocó presenciar aquella "etapa histórica" —esa locura socialista— un fin de semana en un pueblo de Zsechuán. Los campesinos con sus estúpidas órdenes: matar a los *bloody* pájaros, culpables de la hambruna. A balazos, con resorteras, en vuelo o mientras reposaban en alguna rama. Cuervos, gorriones, canarios, todo tipo de aves, con excepción de los gansos y las gallinas, que de todas formas —por los tiempos que corrían— uno no encontraba por ninguna parte. Y cuando las balas se agotaron, otra solución: matarlos de cansancio. Tambores, trompetas, fuegos artificiales, golpear de cazuelas, todo lo que hiciera ruido, con tal de asustarlos, hacerlos volar, volar, volar, no darles tregua, ni un segundo de descanso, no permitirles reposar entre los árboles o los techos de las casas, y hacerlos volar, volar, volar, a fin de rematarlos con escobas o patadas, no bien —con el corazón reventado, completamente fatigados— se desplomaran al suelo.

Mao lo logró.

Lo que Millroy presenció en aquel pueblo de Zsechuán se repitió por días y semanas enteras en todos las demás provincias de la enorme China. Al mes no había pájaros por ninguna parte. Ni un trinar, ni un aleteo. Sólo el viento se escuchaba en el campo y en el cielo. Hubo fiestas, bailes, discursos.

—"El temible General Hambre —volvía a remedarlo Millroy— ha sido derrotado".

Pero la anécdota, a juzgar por los restos de sonrisa, no terminaba ahí. Faltaba ese alzarse de hombros y tal vez la carcajada; si no eso, el compadecerse, o tal vez el mover la cabeza en señal de reproche por la ironía. El desenlace:

—Se esperaba una gran cosecha —continuó mi amigo—. Pero ésta no llegó. Nunca. A falta de pájaros, proliferaron los insectos. Se desató una plaga. Otra vez el temible General Hambre, quien adoptando la forma de gusanos, hormigas, devoradores de hojas, frutas y granos, acabó con todo lo que se había sembrado…

El banquero suizo, que estaba a nuestro lado, escuchó a Millroy y sonrió complacido. Casi podía escucharlo: para lo que sirve su bendito y tan acariciado comunismo. Lo miré con ganas de abofetearlo. Tal vez otro día. En otro viaje. No tardaría en llegar *Richard der Grosse*, con sus casi dos metros de estatura y sus gracias invulnerables de niño consentido, a sentarse también y a dedicarse a devorar con placidez, como un Nerón germano, el racimo de uvas que en su manaza llevaba.

Millroy y yo, a la distancia, lo reconocimos. Nos acercamos, no para pedirle un autógrafo, como ansioso y pedante él lo esperaba, aunque sí, precavidos, para comentar con entusiasmo la última de sus peleas. Elogiamos su juego de piernas y sus puños como cañones de acorazado. Millroy, buen estratega, le ofreció una cerveza, que el boxeador, contándonos con exageración cómo había puesto en órbita a su adversario, aceptó sin titubeos. Bebimos. Fue el detonador de nuestro juego. La catapulta.

—Preparen, apunten, ¡fuego! —nos divertimos por un buen rato.

Eso lo recuerdo bien. Nuestra borrachera, nuestras risas. Un recuerdo que hoy, a tantos años de distancia, me ha traído el telegrama de esta mañana. Estrujado en mi bolsillo, he preferido no volverlo a leer: la muerte de Millroy. Ese primer encuentro, los pájaros chinos, *Richard der Grosse*, el *bloody* inglés, sordo de un lado, quien se convirtió en un estupendo amigo, y además de eso, en un político idealista al que por fin, ayer por la tarde, sus enemigos borraron del mapa. Una ráfaga de balas.

Lloré por él.

Uno nunca tiene el corazón lo suficientemente blindado para eso.

Otra vez el lobo del hombre. Primero su mujer en ese carro bomba y ahora él. El maldito se me ha adelantado. Nunca más los encuentros en tren o en trasatlántico, las aventuras en ciudades que no tienen nombre. Una tumba en Londres y una partida que se prolongó por kilómetros y por años, y que se inició esa vez, ¿en dónde?

En el *Leonidas,* acaso.

Aquel viaje —sí, aquel— donde los esposos peso mosca y las mujeres ofendidas tuvieron que aguantar, aparte de las uvas y las risotadas, el desenlace de una apuesta de la que no recuerdo el motivo, pero que Millroy, mi buen amigo Millroy, pagó en forma de cincuenta libras esterlinas y el bombardero alemán —con un poco agraciado color verdoso asomándole por la cara— con más de media hora de vomitar jugos gástricos, uvas, pollos, cervezas, panes, sobre las azules aguas del Mediterráneo.

LA VIUDA DE FANTOMAS

"—¿Quién eres?
—Fantomas.
—¿Qué haces?
—Terror..."

A Federico Patán

Fantomas era su apodo. Fantomas, por la máscara blanca que comenzó a usar desde su primer encargo como matón a sueldo. Una idea afortunada. Le sirvió al principio para ocultar su identidad a la policía, y después, cuando el presidente López lo puso al frente de ella, para darle su propio sello personal al terror y al asesinato. Una carrera meteórica. De don nadie a coronel en una democracia y una dictadura. Le ayudaron la falta de escrúpulos, el desprecio por la vida ajena, un terrateniente que le tuvo confianza y hasta cariño, el golpe de Estado del 77, los malditos rojillos y una boda afortunada.

—¿Maligno? —le preguntó su esposa, quien ante el esperado sí que escuchó del otro lado de la línea, se alegró de inmediato.

Otra víctima de Fantomas.

Como los campesinos, los obreros, los estudiantes, los intelectuales.

Pero los demás estaban muertos o en la cárcel; no vivían con él. Ella sí. La esposa del coronel. La dama de sociedad. La hija del juez Rabiela y sobrina favorita del presidente López. Una mujer fina, elegante, educada. Y también bella —aunque los golpes, las vejaciones… Tocaba su rostro frente al espejo y maldecía el día en que su padre y su tío trocaron sus sueños de príncipes o abogados, de apellidos ilustres y viajes por Europa, para ofrecerla y casarla con ese hombre: el coronel Llosa.

"¡Veinte años!", recordaba. Veinte años de tortura y pesadilla. Y ahora, esa noticia…

Colgó.

Imaginó las condolencias y las esquelas. "La viuda del coronel", le llamarían.

"La viuda de Fantomas".

Se acarició en el pecho la "F". A pesar de los años todavía le quemaba y le dolía. Se acarició de nuevo y saboreó al decirlas cada una de las palabras: cáncer, maligno, cerebro…

"¡Que se pudra en el infierno!", deseó con vehemencia. El mismo deseo que en distintas graduaciones de odio la había acompañado desde el principio de su matrimonio, no con una sonrisa como ahora, sino con temor, golpes e insultos. La tentación de aventarse al paso del tranvía, de tomar una pistola, de dirigirla a la sien... de terminar con todo de una vez y para siempre.

"Que se pudra en el infierno", igual que como deseó esa madrugada, tres días antes, cuando en vez de la tunda que esperaba le tocó atestiguar el primer y sorpresivo desvanecimiento.

Fantomas, esa noche, oloroso a putas y botellas, empecinado a las cinco de la mañana en que fuera su mujer y no la servidumbre la que alimentara los reclamos de una necia e impulsiva hambre, gritaba desde el pie de la escalera: "¡Ven acá, te digo! ¡Que vengas!", cuando falto de modos y de paciencia subió para encontrarse con un súbito mareo y un apagar de luces que lo detuvo en su intención de abrir de una patada la puerta, entrar a la recámara, darle de cachetadas y arrastrarla de los cabellos hasta la cocina.

Despertó, horas más tarde, en el hospital militar.

—Buenos días —lo saludó su médico personal, el doctor Trujano.

A Fantomas le costó trabajo recordar qué hacía ahí, por qué. Tenía sesión en la comandancia. "Sesión", así le llamaba a la serie de narices rotas, de costillas hundidas, de astillas bajo las uñas y de electrochoques en testículos y vagina, con que se había ganado la fama y el temor. El apodo. Más rojillos. Una casa de seguridad por los rumbos de Chulavista: armas, dinero, lista de nombres y siete de ellos. Se lo habían informado en el *Waikikí*, el cabaret de moda, mientras contemplaba a Iris Batista y se deleitaba con su pecho y el mover de sus enormes caderas. Bendita ella con su cuerpo de azogue y malditos los rojillos que tantas molestias daban. La explosión en Maderna, el secuestro de Langoechea, las pintas en las calles, la intromisión internacional, el cese de ayuda de los Estados Unidos. El caos y la posibilidad de caída. Pero no se preocupaba. Ni siquiera hacía caso a los temores y precauciones del viejo y cansado presidente López: el avión listo para volar a Chile o a Haití, o el vale que dejaría —¿bromeaba?— por los tesoros y cuadros del Banco y el Museo Nacionales. Fantomas, en silencio, lo despreciaba y lo tachaba de inútil. Pusilánime. Ahora que él fuera presidente, se imaginaba... Porque iba a serlo. El sucesor de López. El único que podía meter freno a la subversión y al empuje izquierdista. Ya había pasado por momentos así: el levantamiento minero, las huelgas del 81, el asesinato de José Reyes. Y había salido adelante. Cuestión de fuerza, de carácter, de tenerlos bien puestos, como pensaba. Lo demostraría una vez más. Tenía en la mira a los siete rojillos. Se pondría su máscara blanca, los vería temblar de tan sólo reconocerlo, les sacaría más nombres, fechas, acaso los ojos, la vida misma.

Tenía sesión.

El doctor Trujano quiso detenerlo:

—Me gustaría practicar unos análisis…

—¡Análisis mis huevos…! —se los agarró retador y altanero. Se vistió lleno de ira y maldiciones y marchó con rapidez a la Comandancia.

Ahí ocurrió el segundo desvanecimiento.

Acababa de despachar al primer prisionero. El rojillo, que mostró fortaleza en las amenazas y los golpes, gritó y tartamudeó rezos y perdones al ver y sentir el cuchillo que de un tajo preciso le rebanó la hombría y de paso la conciencia.

—Ni aguantan nada —comentó entre sus oficiales. Pateó con desprecio el desnudo cuerpo y dejó que los demás decidieran qué hacer con el miembro: tirarlo a los perros, cocinarlo para una broma a los cadetes de primer ingreso, aplastarlo como un cigarrillo o metérselo al prisionero en la boca. Sus oficiales, diligentes, optaron por esto último. Sabían que era algo que particularmente agradaba a Fantomas. Una especie de firma, de figura en un escudo de armas, de título de propiedad, como la "F" que con un hierro ardiente tatuaba en sus espaldas, nalgas o pechos; una "F" pequeña, casi minúscula, que aplicaba con todo y quejas a sus amantes, entre las que incluía a su esposa, y otra grande, del tamaño casi de una mano, para políticos equivocados, campesinos insurrectos, maestros marxistas, obreros con agallas, intelectuales rojillos, estudiantes audaces o alborotadores. Quien sobrevivía, tullido o baldado, la mostraba con orgullo: como haber muerto y resucitado. Los otros... bueno, de ésos estaban llenos los dolientes rezos de las madres y hermanas, y las frías planchas de la antigua escuela San Marcos de medicina...

Pateó de nuevo al prisionero y ordenó a uno de los soldados:

—La "F", rápido. ¡Muévete!

El soldado trajo el ardiente hierro. Fantomas lo hundió en la espalda del prisionero o de lo que de él quedaba. Hubo un estertor y un olor a carne quemada. El rojo vivo del metal iluminó su encapuchado rostro. Apareció una sonrisa. Ese gozo extático. La satisfacción del trabajo bien hecho, de la misión cumplida.

"Un rojillo menos", respiró aliviado.

Después le tocó su turno a la mujer.

Fantomas, al entrar a su celda, impuso la quietud y el silencio: un inmediato saludo militar entre los soldados que la violaban.

—Sigan, sigan —concedió y contempló la escena que él mismo había ordenado una hora antes: el tumulto, la desatada lascivia, la pelea por ganarse el derecho a poseerla, el meterle mano, agarrarle la nalga, el desnudo seno. —Ratón —eligió luego.

Extendió el brazo como doctor en mesa de operaciones. Un oficial le hizo entrega de una jaula llena de ratones gordos y chillones.

Le gustaba ese método.

Sonrió. Se puso lenta, ritualmente, un guante de cuero en la diestra. Metió la mano en la jaula y sacó un ratón grande; lo comenzó a acariciar y a hablar como si le diera consejos o instrucciones.

—¡Basta! —gritó entonces. A esa nueva orden los soldados se alejaron presurosos, bajándose las camisolas, subiéndose los pantalones.

Fantomas contempló a la mujer. Estaba tirada en una esquina, sollozante y deshecha; tenía la ropa desgarrada, labios temblorosos, la mirada perdida y el cuerpo lleno de saliva, manos sucias, mordidas y semen de los soldados. Se dirigió a ella. El paso era resuelto, la agarró de los cabellos:

—Hola —saludó amable. La misma amabilidad con la que, caballeroso y sonriente, le mostró su mano enguantada. Parecía estar a punto de entregarle una rosa o un regalo.

—¡No! —gritó ella.

Fantomas se complació al reconocer el terror, la clara conciencia; el saber en carne propia que las historias que contaban eran ciertas; el ratón existía, esa certeza; y al igual que a sus compañeras, eso mismo iba a pasarle a ella.

—¡No...! —retrocedió temblorosa. Una escapatoria que detuvo la pared a su espalda y un grito que alcanzó a ahogar una mano rápida sobre su boca.

—No grites —le pidió Fantomas—. Shhh. Que lo espantas. Pobrecito, mira. Mira cómo tiembla. ¿Escuchas sus chillidos? Tiene miedo. ¿Te imaginas lo que va a sentir dentro de ti, en tu vagina...?

Se carcajeó estruendosamente...

Después cacheteó a la mujer y la golpeó con el puño cerrado, la insultó, le reprochó su actitud, lo equivocado de su conducta. Buscó con violencia la entrepierna: el lugar donde meter lo que en su mano guardaba.

Alguien apagó la luz.

—¿Quién carambas...? —alcanzó a decir, antes de soltar el ratón. Cayó de bruces, desmayado.

Despertó de nuevo en el hospital militar, rodeado de enfermeras y un doctor Trujano que lo miraba nervioso. Su actitud era grave.

—Un tumor. No hay duda —explicó tartamudeando.

Fantomas adormilado pareció no escuchar bien.

—¿Un tumor? ¿De qué demonios hablas?

—Cáncer. Un tumor. Maligno —telegrafió Trujano—. Sí, maligno —agregó temeroso y titubeante. Estaba malacostumbrado al regaño y a la bien conocida ira—. Lo acabo de saber —mostró unos papeles, diagramas, radiografías—. En el cerebro... —dijo con resignación aunque también con cierto tono de disculpa—. Una zona difícil... Pero hay un doctor suizo, un especialista, el mejor para este tipo de casos. Ya lo contactamos...

—Cáncer —meditó Fantomas—. Cáncer... —hundió en el pecho la barbilla.

—Sí —aceptó Trujano, miedoso y vacilante. Se le notaba preocupado de ser él el portador de esa noticia.

—¡Joder! —reaccionó Fantomas—. ¿Por qué a mí? —gritó con enojo. Un grito violento y estridente. Le saltaron las venas del cuello y de la frente, hizo retroceder cautelosos a Trujano y a las asustadas enfermeras—. ¡Cáncer! —golpeó la cama y aventó las almohadas contra las paredes. Miró con rabia a su alrededor, se llevó las manos a la cabeza.

—¿Qué posibilidades tengo? —se calmó luego.

—Es una operación de mucho riesgo...

Fantomas volvió a estallar:

—¿Y crees, idiota, que no lo sé? No me vengas con rodeos. Dime: ¿qué posibilidades tengo? ¡Contesta, Trujano! ¡Contesta, gran hijo de puta! ¡Contesta, con mil demonios! —lo señaló amenazante con el dedo.

El doctor tragó saliva:

—Pocas, muy pocas, coronel. Es cosa de esperar. De esperar y rezar, de pedirle a Dios que…

—"¡Rezar!" —exclamó Fantomas—. "¡Pedirle a Dios!" —remedó—. ¿Y te dices médico? ¡No quiero rezos! De ti ni de nadie. ¡De nadie! —sentenció iracundo—. Lo que quiero es que con un carajo hagas algo, que cumplas con el maldito trabajo por el que te pago…

—Sí, coronel, sí… —prometió Trujano.

Esa imagen. La del doctor pidiéndole rezos y despidiéndose asustado, era la misma imagen que Fantomas recordaría después en el *Waikikí*, en donde de manera terca y sin hacer caso de las advertencias, se había refugiado. Ahí esperaría la aparición de Iris Batista en el escenario y la llegada al día siguiente del médico suizo, el único que podía operarlo. Una operación complicada. No por ello iba a pasarse todo el tiempo hospitalizado. No él: el coronel Llosa. Tenía trabajo, sesiones, planes. La subversión en el país avanzaba. Los rojillos se multiplicaban. Camino a la Comandancia había visto las pintas: "Abajo el coronel Llosa", "Muera Fantomas", "Fantomas: tus días están contados. ¡Asesino!" Frases que los obreros gritaban en los mítines y los estudiantes en sus protestas por las calles. Malditos. Cómo los odiaba. Si por él fuera ya los hubiera pasado a todos por las armas. A todos. Ninguno se salvaba. Comunistas, alborotadores de mierda. ¿Cáncer? Tal vez, pero no iba a darles el lujo de flaquear ahora. Ya verían. También de esa saldría: como en los atentados, las presiones internacionales, la amenaza subversiva y el avance guerrillero. Lo iba a demostrar, les enseñaría quién era él: el temible coronel Llosa. Por eso, apenas llegó a su oficina, comenzó con las órdenes: cerrar la Universidad, detener o desaparecer al che Godínez, implantar otra vez el toque de queda, cerrar los aeropuertos, amordazar o comprar a la prensa. Después bajó al sótano. Ahí, resuelto y furioso, empaló, mutiló, electrocutó, ahogó en su propia sangre a los cinco rojillos que le faltaban, y mandó por tres días al calabozo al guardia en cuyo turno la mujer del día anterior se había suicidado.

Marchó al *Waikikí*.

—¿Otra botella, coronel? —se le acercó un mesero.

Fantomas ordenó que sí con brusquedad.

Luego escuchó al anunciador: "...la bella, sensual e inigualable ¡Iriiiis Batistaaaa!", al tiempo que la estupenda mulata aparecía con su torrente de plumas, escotes y canciones, sus iridiscentes lentejuelas.

Bella mujer.

Qué nalgas. Qué pecho. Pero Fantomas no hacía caso. Pensaba en la presidencia, en lo cerca que había llegado, en cómo había estado así de ocuparla, y ahora eso: cáncer, maligno, cerebro... ¡Carajo! ¿Por qué a mí?, se preguntaba. Se imaginó la mesa de operaciones: la sangre, el dolor, la incertidumbre. ¿Y si el médico suizo fallaba? No quería morir. No quería morir y mucho menos de esa manera. Lo había pensado antes: un disparo, una bomba, una muerte violenta, tal y como desde siempre había vivido, o si se cuidaba, una muerte tranquila, a los cien años, en la quietud de la cama. Pero no en un quirófano, no cáncer, no en el cerebro, no víctima de lo imposible o de lo incurable.

Maldito Trujano.

Trujano y sus consejos: "Es cosa de esperar, de esperar y rezar, de pedirle a Dios que..."

¡Dios! ¿Ese Dios en el que no creía, el mismo Dios al que invocaban sus víctimas y que no había hecho nada por salvarlas? ¿El mismo que rezándole, pidiéndole ayuda, lo iba a salvar del cáncer o de morir en la plancha? Sonrió con desprecio y escupió sobre la negra alfombra.

Y sin embargo...

Dudó. No quería morir. No de esa forma, por lo menos. Miró a su alrededor: la gente alegre, sus guardaespaldas divirtiéndose, a Iris Batista, qué mujer, con su boca, sus besos, sus caderas, ese gozo en la cama que no se resignaba a perder, y a ese mundo que tampoco quería dejar, la silla presidencial, la vida, la única que tenía, y ese país que de un momento a otro se le iba de las manos.

¿Por qué?

Apretó los puños y golpeó, fusiló y ahorcó dos, tres veces a su esposa, quien lejos de compadecerlo le pareció que se había alegrado cuando por teléfono le dio la noticia, así como a Trujano, al que no dejaba de recordar y remedar: "esperar y rezar, pedirle a Dios…"

Ese Dios en el que no creía. Ese Dios que no existía. Ese Dios que no había hecho nada por salvar a su madre enferma o a sus hermanos de las lombrices; ese Dios que le dio un cuchillo en la yugular como destino a su padre. Ese Dios que le permitía a él herir, matar, mutilar. Ese Dios que se encontraba tan sólo en los rezos estúpidos de los pobres y de los débiles, del que renegó con cabeza y pensamiento. Ese Dios al que estaba a punto de insultar y reclamar, cuando de manera casi inconsciente se encontró elevando una plegaria:

"Por favor, Dios, que no sea el cáncer lo que me mate…"

Lo dijo sin convicción. Fue, en realidad, como algo que se le escapara y no se diera cuenta. Rectificó, un poco atemorizado. Pensó: ¿por qué no? Nada perdía. Juntó las manos. No, no oraba, se decía, más bien ordenaba, se consolaba, y terminó por repetir no con fe pero sí con mayor fuerza:

"Te lo pido, Dios: que no sea el cáncer lo que me mate…"

El mesero que lo atendía trajo la botella de whisky. Se la puso frente a él. Fantomas por supuesto no hizo caso. Tenía los ojos cerrados. Insistía:

"Que no sea el cáncer lo que me mate".

—Servido, coronel Llosa —agregó el mesero.

Los testigos aseguran que sacó de entre sus ropas una pistola y le apuntó a quemarropa.

—¡Muere, maldito! ¡Asesino! —le vació toda la carga.

Fantomas supo, antes de que los disparos le destrozaran una mano, la cara, el cuello, el corazón, la clavícula, que tal vez había sido escuchado; pero que si salía de ésta, mandaría fusilar a Trujano, a su esposa, al che Godínez, al mesero y a todos los pobres, rojillos y creyentes de mierda de este mundo.

LA MUERTE DE MARTÍ
A LA SALIDA DEL COLEGIO

A Cynthia Steele

—¿A la salida?
—¡A la salida!
No podía creerlo. Martí chico. ¿Rosendo? ¿O Rosendo era el padre? Sepa. En la calle eran Martí grande y Martí chico. O los marcianos, como no faltó quien les pusiera y el apodo cuajara. Marciano grande y marciano chico. *The martians*, usted entiende: habla inglés, ¿no? y así como les decían, el mismo nombre a la ganga, porque el mero bueno era él, o mejor dicho, el mero malo. Paisanos míos de Guanajuato. De allá por donde perdió Villa, del Bajío, el granero de México, pues. Aunque eso de paisanos, a mí que me esculquen, yo paso; sólo el marciano grande, casi de mi edad, ya llovió, es cierto, de Salvatierra —y a mucha honra, decía, y todo por una cascada que ahora ni agua lleva—, porque el chico, aunque lo parieron allá y allá lo bautizaron, bien pronto hizo

de tripas corazón, a volar, dijo, recién llegó acá, y se le olvidó hasta eso. Imagínese lo otro: la religión y el castellano. Se hizo de aquí, pues. Aquí aprendió, y aprendió rápido, las malas mañas, me refiero. A andar jeringando gente. Metido hasta el cuello en barbaridad y media. Un diablo de escuincle, hijo de su tal por cual. A leguas se le notaba. Mientras el padre, tras doble turno en el "Sands", tomaba la guitarra y cantaba la vida no vale nada o alguna de Luis Aguilar o Jorge Negrete; el chico, desde que cumplió los trece, a diario en el póquer-bar, o piropeando a las muchachas, o cayéndose de borracho, o los ojos rojos por pastillo o mariguano, y sospechoso de robo, pues de dónde si no iba a sacar para sus andadas; y rebelde, lo hubiera visto, rebeco en serio, no de los que yo hubiera querido para despertar a la raza contra el abuso de los güeros, sino de los que nos hacen la mala fama. Lo hubiera visto: siempre con esa cara de no me busques porque me encuentras; y alebrestado, encabronadérrimo, rijoso, pues, como aquel día en que por fortuna se murió, o aquel otro, un domingo, en que nada más por molestar ahí estaba, con el radiesote de un lado a otro, su rap a todo volumen, sus actitud de me vale quien me escuche y su bailar de mono, un mono con patatús, eso era. Los demás, a joderse. Me cansé. ¡Eh, Martí! le llamé la atención. Ya ni la amolaba. Vea usted: la celebración de la hispanidad, verbena popular en pleno. Lo de verbena no es palabra mía, a mí ni me gusta, pero qué quiere: así lo anuncian en los volantes y en "El nevadense"; verbena, la llaman. Todos los años, lo mismo, el segundo domingo de septiembre en los jardines de la universidad, para celebrar a Hidalgo y a la raza, la raza de bronce, nosotros los morenos, pues. Los pambazos, las tostadas de tinga, los tacos al pastor, las teleras y las conchas, las aguas de horchata, piña y jamaica, los discursos de políticos que ni español saben y a quienes les importamos un carajo, unas chamaconas que todas tilicas y mal pintadas zapateaban el Son de la Negra, y él ahí, Martí chico, con sus pantalonsotes de esos de barrer gratis la calle, su camisa a cuadros, desfajada, como si no le hubiera dado tiempo ni de vestirse, su paliacate en la frente, el radio que se escuchaba más allá de Sparks, creo que hasta Sacramento. Le daba al patatús y se carcajeaba de alguna tarugada con sus amigos, cortados todos con la misma tijera. Ni a cuál irle. Igual de feos y de fregados. De todos, era el único al que yo conocía. Respeta, le dije, respeta, chingaos, no hay que ser, ¿qué no ves que aquí hay damas y niños? Me respondió enseñándome el dedo, me llamó viejo, y lo soy, pero no pendejo, ni amargado, y si me gusta la música de José Alfredo, y si hay fiesta con mambo a la que no falto, y si nací mexicano y mexicano me voy a quedar, y si pido respeto para el Son de la Negra y a esas chamaconas, es porque tengo educación y no quiero ser como tú, hijo de la chingada. Se me fue encima. Patada a los huevos y cabezazo, un buen descontón, pues. Yo ni me lo esperaba. Terminé en el pasto escupiendo sangre. *Fuck you*, me llamaba. Tú y tus *fucking preachings*, tenía rabia en el rostro, sabía de mi labor en el barrio, mi entusiasmo por el cinco de mayo, el taller de piñatas, el concurso de poesía patria, la campaña antidrogas, la de únete hispano, el periódico mural, al que una vez le pedí una mano a Martí grande —consíguete fotos de allá de tu pueblo— y me lo hizo de buena gana, gente noble, paisano tenía que ser, gente trabajadora, decente, normal, como nosotros. Chingar, cómo de tal palo salió tal astilla. Rosendo. Rosendo era el grande, otra cosa, como dicen los chamacos de ahora: bien buena onda, y el hijo de su tal por cual, ese desgraciado, que sólo veía tarugadas, pérdida de tiempo, un país jodido al que mejor era darle la espalda. Y otra vez el dedo. Y una patada. *Fuck you*. Diez años atrás, puta, qué digo diez años atrás, ahora mismo, si lo que pasa es que me agarró mal parado, papando moscas, pues, porque si no, sería él el que estaría en el pasto, no yo, revolcándose. Déjalo, es un viejo, decían sus amigos, aunque *an old man* mis huevos, nada más deja que me pare y te la parto, grandísimo hijo de toda tu… y cuando Rey y Macedo acudieron a defenderme, ellos salieron corriendo. Montoneros. Así serán buenos, en bola, mira nada más cómo te dejaron, como al Kid Siempre en la Lona, se rieron, me ayudaron a levantarme. No es nada, estoy bien, yo solo puedo, y me hubiera ido a casa por mi propio pie, déjenme, les decía, si no estoy tullido, me basta con sacudirme los pantalones, un pañuelo para limpiarme la boca, un trago de tequila para la bilis, y santo remedio; peores revolcadas me han puesto. Pero ya ven: acá es diferente. Sangre, así sea una cortadita en el dedo, un rasguñito, que te salga mole de la nariz, y de inmediato se asustan. Un celular, ya ve que es lo que se estila, y llamaron al 911. Llegaron los paramédicos, la policía, los curiosos; yo dije: me caí, los demás, que habían sido los *stingers*, no, los marcianos, aseguraban algunos, y aquellos otros, que los *hiena-pack*. Daba igual: unos hijos de puta. Me llevaron al hospital, el Holy Cross, ¿lo conoce? allá por la salida a Susanville, el mismo en el que trabajo, voy para diez años, desde que me cansé de servir mesas y barrer en los casinos. Nunca más esa friega. ¿No que hoy era su día libre? me recibió uno de los internos. Cité a tu madre aquí para ir al cine, no tarda, le dije. Se desquitó a la hora de meterme hilo y aguja. Cinco puntadas. Todavía tengo la cicatriz, aquí mero. Y sin embargo, chitón, yo callado.

¿Quiénes fueron? Ya dije: por andar de pendejo, me tropecé y me caí, esa es la puritita verdad, nada más que la verdad, ¿cuántas veces quiere que se lo diga? porque el policía insiste e insiste: callar no es la solución, hay que denunciarlos, sólo así podemos echarles el guante, la mano laaaaarga de la ley. Yo, para mis adentro, riéndome: sí, cómo no. Discursitos a mí. Hablaba como diputado o vendedor de carros. Me decía, no tenga miedo, es su deber ciudadano, hágalo ahora, dé la cara, sólo así se podrán evitar más desmanes, para que estos vándalos no sigan haciendo de las suyas. Vándalos, dijo, me gustó la palabrita. Era calvo y chupaba una paleta de dulce, como el detective aquel, el que salía en la tele. Su voz era del sur. Venezuela, tal vez. O colombiano. Argentino no, de plano no era, ya ve que a ésos luego luego se les nota. Se sabe el chiste, ¿no? ¿Cuál es el mejor negocio del mundo? Lo mismo podría decirse de los gringos. ¿En qué andábamos? El policía. Columbo. No: Kojak Pérez. Enumeró acuchillados, mujeres violadas en sus casas, en lotes baldíos, el asalto a la tienda de Diosdado Pérez o el cómo dejaron a Joe Martínez: para el arrastre. Si ya lo tenemos más que identificado, no soltaba prenda, duro y dale el poli, lo que necesitamos es que usted presente cargos para que lo mandemos a la refrigeradora por un rato. Al tambo, pues. Yo, encogido de hombros. Será que necesito lentes, no vi esa rama, o habrá sido un hoyo, quién sabe, qué tonto fui: ni meter las manos pude, si para menso no se estudia, le decía, porque antes muerto que entregar a uno de los míos. Martí grande, que lo supo, no dio la cara de inmediato pero a la semana me envió dos botellas de Herradura, que alguien le dijo era mi favorito. Quienquiera que le haya ido con el chisme, razón no le faltaba. No duraron mucho. Las noches de bohemia, pretexto para rasgarle a la guitarra y echarse un trago, una nostalgia, una canita al aire. Todos los jueves nos juntamos Rey, su mujer, el flaco González, Armenta, la güera Atkins, y quien por ahí se aparezca, bienvenidos todos. Usted, si quiere. Pasado mañana. Apunte la dirección. Tome, en esta servilleta. Aquí cerquita. Las canciones de Manzanero, el recuerdo de amores allá o de este lado, a seguir hablando mal de este país, tierra de promisión, ajá, y a empinarlas, las botellas, claro. Del tequila no quedó ni una gota. Esa velada de bohemia, y esta cicatriz, son mis únicos recuerdos de aquella tarde, día de la hispanidad. A Martí chico nunca lo volví a ver, hasta ese día en que entró al hospital. No me lo va a creer, pero esa vez la cicatriz me estuvo duele y duele. Lo que son las cosas. Tormenta, pensé. Porque es verdad lo que dicen: duelen cuando hay mal tiempo. La piel como que se encoge, como que se acomoda, haga de cuenta que no le gustara su nuevo sitio y quisiera regresarse al de antes. Ese día, desde que me desperté, eso mismo sentía. Usted dirá: ya llevo mis copas, pura sopa de perico; pero, mire, las cervezas sirven para soltarme la lengua, no para mentir, porque ese día, el de los balazos, cuando le llegó su hora a Martí chico, por ésta, mire, me cái, que la cicatriz me estuvo doliendo. Se lo juro. No tarda en caer la nieve, pensé, ¡pues cuándo se me iba a ocurrir que era por Martí chico, a punto de entregar los tenis! Hacía frío. Principios de diciembre. Un frío horrible, ¿y qué les importó a los pendejos? Se enfrentaron en el callejón. ¡Por una gorra, habrase visto! Par de zonzos. Martí chico, sobre todo. A los diecisiete años tenía que acabar. Antes se tardó. Una sorpresa. Porque, lo sabíamos, si tontos no éramos: el hijo de sú terminaría mal; si no en la cárcel, la sobredosis, el enfrentamiento entre gangas, la cuchillada de algún marido ofendido o el balazo por la espalda de la policía. No esa muerte estúpida. ¡Me da una muina! Pero más muina me da lo que pasó después. El mundo en serio que está al revés, de cabeza. Nunca lo hubiera creído, y sin embargo... Se enteró usted: las condolencias de medio mundo, ¡hasta del presidente! ¡Un héroe! Carajo. En eso lo convirtieron. ¿Un chico ejemplar? Ni la burla perdonan. Que me dolió, me dolió. No soy de palo. Mire que morir así. Nunca más para él la nieve en las montañas, el beso de la novia, el mojarse los pies en el Truckee, los atardeceres que para qué le cuento, el comerse un taco, una pinche hamburguesa, ver los azulejos que saltan de rama en rama, las águilas, o escuchar un bolero de Gonzalo Curiel. Esas cosas. Yo tan sólo pensaba: tormenta. Que se preocupen los demás, los que están afuera, porque yo adentro, en el hospital, calientito, trabajando. El pasillo, reluciente. Esperaba al ascensor. Estaba a punto de sacarle brillo al segundo piso, ginecología; tenía cubeta y trapeador en mano. De repente, los gritos. Martí chico. Entró en brazos de sus amigos. Cómo no: era él. La misma cara de indio del padre. Su quijada como de barco. Los mismos pantalonsotes y la misma camisa a cuadros que de azul había pasado a roja. Y él, pálido, del color de las huilas, sin sentido, arrastrado más que cargado entre los gritos de doctor, de camilla, de ayúdenlo, de se vacía, pues. Parecía muerto. Duraría dos horas más. Los médicos, que de haber sabido quién era lo hubieran dejado desangrarse, hicieron lo suyo. Pero estiró la pata. Era un colador. Nueve balazos. Infeliz muchacho. Qué de sangre, hubiera visto, el reguero que hizo desde la entrada. Y el policía, el mismo de las paletas, otra vez con sus preguntas. Estúpido, ¿cómo que de dónde sacaron las armas? Pues de dónde ha de ser. ¡Si aquí las venden como en el súper! Pistolas, no: ¡ametralladoras era lo que tenían! Martí grande, Rosendo, pobre. Llegó con su uniforme del "Sands", su cara de pasmo y larga de dolor e hinchada por el llanto. El policía jode y jode, preguntándole. Estaba con su libreta de apuntes y su voz de don Francisco y su actitud prepotente y su desinterés por el muerto, como si se tratara de una mosca aplastada. ¿De dónde? preguntaba. Por favor: si aquí se compran como si fueran coca-colas. País tan hipócrita. Total: ¡uno más que se muere! Y mexicano: ¡que se maten entre ellos! Pero mire: llamaron la atención. La forma de matarse. A la salida, *sonofabitch*, se dijeron, y ahí estaban, calientitos. No me espanto, si yo también lo hice, allá en Irapuato, mi pueblo. Fresero, pues, y a mucha honra. Usted, ni se diga: chilango. ¿Que cómo lo sé? Se le nota. No hay pierde. Inconfundibles. En Irapuato, decía, me peleé muchas veces. Nunca falta el que se quiere pasar de listo. Como el tal Andrés, en sexto de primaria. El cabrón me hacía la vida de cuadritos. Me quitaba la torta, me escupía desde las escaleras, me la mentaba. Un día me harté. Lo zarandeé y me retó: a la salida. Órale. Nos dimos bien y bonito. ¡Nos pusimos una! Los pantalones rasgados, mole de la nariz, los ojos morados. Nunca más volvió a molestarme. Así, muchas. Pero con los puños: el uno-dos; y si el otro empezaba con patadas, pues también a patadas: tome, hijo de su chingada, para que no me ande madrugando. ¿Pero con armas, a balazos? Hágame usted el favor. A balazos. Una estupidez. Culpa del Martí chico. Entregado a su costumbre de jeringar al prójimo, pasó delante de una muchacha y le quitó la gorra. No lo hubiera hecho. Era la hermana del toro Bill Teresi, de los *stingers*, quien fue a reclamarle. Se dijeron de cosas. Pasó un maestro, los separó, alguno de los dos dijo: a la salida, y órale, en el callejón que se dan de tiros. Como en el viejo oeste: lo dijeron los periódicos. Teresi entregó ahí mero el equipo; Martí chico, unas horas más tarde. Limpié su sangre, el trapeador lo quemé rociándolo con tíner en una cubeta, le di un cigarro al padre, que lloraba, la madre, ni se diga, barrí las colillas y las cáscaras de naranja, las envolturas de chocolate y los kleenex que tiraron sus parientes y sus amigos. Salí al frío. En efecto estaba nevando, vine aquí a tomarme un trago; me eché varios. Desde aquí, en esta misma tele, lo vi, no faltó en ningún noticiero, fue primera plana en el periódico del pueblo y hasta los de CNN lo pasaron. Un héroe, una celebridad instantánea. Ver para creer. Si tan sólo lo hubieran conocido: un cabrón, hijo de toda su rechingada… A los dos días fui al entierro. Cientos de personas. Flores y lágrimas de curiosos que ni sabían de él ni les violó una hija ni los asaltó a deshoras ni los molestó con su música ni su ropa ni les dio un cabezazo y una patada a los huevos. Pero ahí estaban, ¡honrándolo! En serio que es increíble: de ese criminal que era, Martí chico pasó, le digo: no hay moral, a convertirse en mártir, en símbolo adolescente de la hispanidad, de la raza en pie de lucha, en una inocente víctima de la sociedad trastocada en sus valores más puros, esas tarugadas. Ver para creer. De esto hace una semana, el tiempo se va volando, uno aquí, igual de jodido que siempre, y allá, la pura muina, le digo: hay quien me contó que de Hollywood fueron a ver a Martí grande. Y que le hicieron muchas preguntas y que le dieron mucho dinero, y figúrese, que ya dio permiso para hacer la película.

MARILYN MONROE YOTROS FAMILIARES

A Sandy, Flavio, Rolando y Diego

Era, el quince de septiembre, la feria, los rifles, los elotes con limón, mayonesa y chile, o los pambazos, los tamales, los sopecitos, qué ricos, o las guerras a huevazos con harina entre nosotros o contra los que nos cayeran gordos; o el buscar y encontrar bocas abiertas para echarles confeti por babosos; o las luces de colores: Hidalgo, Morelos, el patillotas de Allende y también de Aldama; o los toritos y el echar cuetes o ponerse cuetes; o los gritos de Viva México. Los de Viva-México-Hijos-de-la-Chingada. O los de México-México, con terminación de rá-rá-rá o su mamá. O los ayes de mariachi. Si no, el aquí está su padre. O el escuchar, entre el zapateado de los jarabes tapatíos en una de las tarimas, o el de la marimba chiapaneca, el de los sones huastecos, la trova yucateca y los bailables norteños, en las otras, la voz copiada pero nunca igualada de un Jorge Negrete cantando: "México lindo y querido, si muero lejos de ti, que digan que estoy dormido y —no, por favor, no me toquen ésa— que me traigan aquí..." O simplemente el México, Mé-xico, Mé-xico, como en el azteca, cuando juegan los ratoncitos verdes, Mé-xico, Mé-xico, Mé-xico, y sí (aunque ahora nos goleen hasta los gringos), que retiemble en su centro la tierra, jijos del máiz y del masiosare, la misma mexicana alegría aunque en la plaza de la constitución no hay pasto, mojadas de cerveza (que a lo mejor son orines), gradas ni porterías, pero eso sí, todos con la piel chinita y desgañitándonos como locos hasta casi quedarnos roncos.

Qué tiempos.

Sí, qué tiempos aquellos. Memorables y de relajo. La palomilla reunida: Lucas, el zotaco, el chaleco y el morsa. El voy derecho no me quito y si me pegan me desquito. O derecha, derecha, como decíamos —y volteábamos a ver pasar a una muchacha—, o izquierda, izquierda, y no faltaba quien, a señas o chiquita: ¿con esa boca comes? nos dijera de nuestra mamá o de lo que nos íbamos a enfermar o petatear, aunque también —la mayoría, claro— se sonreían con nuestras gracias y algunas hasta nos daban su teléfono y sus medidas.

¡Arroz!

Algo que ha cambiado.

Ahora ya no es el quince ni el dieciséis de septiembre. Ni el grito ni el desfile. Tampoco el día del niño ni el de la revolución —que dice el PRI sigue en marcha todavía: que se los crea su abuelita. Tampoco el día de muertos con sus calaveritas ni el de reyes con sus ojalá y no me toque el monito, o sí, pero el de tu hermana o el de tu prima, las que dizque siguen siendo señoritas. No, ya no, ya no más esos días. Ahora es distinto. Ahora —right now— es el cuatro de julio, ahora —today— son los fuegos artificiales que no asustan a nadie, el desfilar de bandas con sus trajes entre de payasos y de troyanos, las bastoneras a las que uno se acostumbra —y se aburre— de verles las piernas, o el halloween, donde los hombres se disfrazan de monstruos, zombies y hasta de viejas, las mujeres de morticias o de brujas, de muertes con guadaña y de hachas incrustadas en la cabeza, o el cinco de mayo, donde me felicitan —sin que me signifique nada— y me preguntan ¡mecsicanou! dónde dejaste el sombrero, el traje de charro, el tequila o la guitarra, y me invitan —¡para celebrar nuestra independencia!— a comer nachos, burros —ahí te hablan, zotaco—, chimichangas y a tomar margaritas dobles y coronas importadas.

Que mueran los gachupines.

Si no el cinco de mayo (ojo, Secretaría de Educación Pública: cuando al cura Hidalgo le dio por tocar la campana), entonces el del presidente, y si no ése, el de los veteranos, o el de Martin Luther King.

O si no eso el thanksgiving. El famoso pavito —del que luego me preparo unas tortas—, el pay, que es de calabaza —eso saco por andar contigo, como alburearía el morsa—, la historia que no entiendo: aquella de los indios que por buenas gentes —¡los muy ingenuos!— y darles de comer a los colonos, recibieron como pago el que se los echaran a todos, y la reunión familiar: con Marilyn Monroe —¡así me las recetó el doctor! ¡quiero! no, qué cosas digo, ¡guácatelas!— y sus escotes y sus ligueros, con "ella", con toda "ella", cruz cruz, que se vaya el diablo y que venga jesús, y si "ella" no fuera más que suficiente, también con mi queridísima suegra, cruz cruz, y su tercer marido, cruz cruz, y con el ladilla de Bobbie y de seguro un nuevo agujero, o con Samantha, que para mí —como lo hizo, ejem ejem, Robert— debería salir ya del clóset y venir acompañada de la novia o de la amante, o con Lorián, con sus tambores imaginarios, y por si fuera poco, con el infaltable y pesado de Willie y sus perros: el Elvis Presley y el Rod Stewart. La familia entera. Los adams o los monster se quedan cortos. Y ahora nos toca en casa, qué friega.

Por eso, mientras yo terminaba de poner las cervezas en el refrigerador y Sheila, mi esposa, ya con el pavo muerto —¡un cadáver!— en espera de ser metido al horno, le daba de comer a Tito, no tuve más remedio que advertirle:

—Willie trae a sus perros y se los corro, o vuelve a decir algo en contra de los mexicanos y se la parto al cabrón.

El uno dos, el jab y el derechazo, también un gancho, PONG, BOING, ZAP, lancé los golpes al aire aunque clarito escuché cómo se le rompía la quijada al Willie y de paso le salía el hígado por la boca.

El niño mientras tanto sonrió, la boca llena de gerber de papaya, y como está aprendiendo a hablar y todo lo repite, dijo:

—"...abón"

Lo dijo con una ternura que me partió el alma —hijo mío— y a ella supongo que alguno de sus muy puritanos lados, porque me regañó por enseñarle esas cosas: grosero, me dijo, y a él, en inglés, que le iba a lavar la boca con cepillo de soldador y lejía:

—Baaaad, baaaad... —Sheila parecía borrego y hacía cara de fuchi.

El niño, porque a ratos Cindy, la vecinita de a lado, se encarga de cuidarlo —y malcuidarlo, que el moretón en la frente no lo tenía ayer cuando se lo dejamos— dice shit mejor que leche o zapatos; pero eso, claro, no tiene la menor importancia, como diría el dispara, margot, dispara, de carlos lacruá —como lo escribía el menso del zotaco—, porque ahí sí, ¿verdad? Mira qué mono. Qué inteligente. Qué chistoso y listo es Tito. "Mi hijo" —se dan cuenta: no tu hijo o nuestro hijo, "su hijo", como afirma ella—. Y sí, qué chistoso y listo es Tito, mi Tito, nuestro Tito, el famoso Tito, tito-tito-capo-tito, futuro terror de las muchachas y de las señoras maduras y de las ya no tanto.

Como su apá.

Antes de casarse, claro. Porque ahora...

Algo que también ha cambiado. Casarse es renunciar a otras mujeres.

¡Buaaaa!

Órale, güey, no salpique. No sea llorón, que ya está grandecito. Porque ¿qué se le va a hacer? Ya ni llorar es bueno. Imagínense. Yo que era el terror de la jardín balbuena y territorios circunvecinos, el uyuyúi y el me las traigo muertas, el ikiriki y el Pedro Navajas, el Jorge Rivero y el Lalo el mimo en las películas de ficheras, el galán delón del D.F., y mírenme ahora. Ya no más el ¡arroz! como bien lo diría Mauricio Garcés, mi alter ego, mi héroe de otros tiempos, cuando yo era bonito, libre, adolescente. De modisto de señoras a espérame en siberia, vida mía, y de Elsa Aguirre, mamita, estás como quieres —Lucas, ¿por qué no le dices a tu mamá que también se dedique a la yoga: juar, juar, ¡cómo se enojaba él y cómo me divertía yo en jeringarlo!—, a la doble pechuga de Zulma —quiero terminar de alimentarme— Faiad. Las vi todas, toditas, una, dos, tres veces, primero en el cine metido de polizonte porque aún no marchaba ni tenía cartilla ni contrato con parnassus y por lo mismo nada de peleas en la coliseo, y luego en la tele en función de medianoche. ¡Arroz! Algo que también extraño. ¡Arroz! como le digo a Sheila y no entiende. Me ve raro. Rostro como de mensa. Le explico y se alza de hombros. Parece preguntarme: ¿dónde está la gracia? ¡Arroz! Y lo que antes motivaba risas entre los cuates o sonrojo entre las cuatas, ahora es su cara de ¿cuántos años tienes? Ya crece ¿no? O pone su mano en mi frente para ver si no tengo temperatura, y de la mala. El matrimonio… Pero quién me manda. El que por su gusto muere… como bien me lo advertía el mete-a-tu-señora-madre-a-la-yoga-para-que-se-ponga-tan-buena-como-la-Elsa-Aguirre del loco de Lucas. Quién me manda, decía, a casarme, y para acabarla de amolar, con una vecina del norte, con una gringa, como le digo yo, con una gabacha, como él mismo insiste en llamarle.

Malinchista, me dice. Si lo hecho en México está bien hecho. Hay que consumir lo que el país produce. Mira nada más a la Chelo. ¿Qué pero le pones? ¿Que nunca pasó de la secundaria? Mejor para ti. ¿La quieres para hacer sumas o para hacer multiplicaciones? me guiñaba el ojo. Y su papá, que tiene siete zapaterías. ¿Te imaginas? Tú, de entrada, de gerente de una por ser el yerno, y como le caes bien al suegro y además le echas ganas al negocio y lo levantas, luego te pasan otra y luego otra, y mientras te haces de lana te diviertes tocándole las piernas o viéndole los calzones —rojos, azules, lacios y rizados, como en el chiste— a las clientas. Sí, claro que me lo imagino: el Al Bundy de married with children versión lago de Texcoco. Un programa que por supuesto Lucas no ha visto ni verá nunca en su muy estrecha y provinciana vida, y que yo, por mi parte, procuro no perderme cuando después del trabajo lo único que quiero hacer es jugar un rato con Tito, prepararme una cuba triple, acostarme y ver la tele. Mi programa grabado de llévatelo —que a ratos, en maratónica jornada, lo pospongo para ver los de la semana entera el sábado o el domingo— y married with children. A ese que también pudo haber sido ¿o es? mi alter ego: al chistoso y vulgar de Al Bundy, que es un fracasado, ¿como yo? y que tiene que soportar a una familia medio regular, como yo.

Pero quién me manda —tiene razón el Lucas— a todo esto. A estar aquí. A no haberle hecho caso a Chelo, no la de super-ratón, quien mientras no abriera la boca para decir tonterías estaba bien. Bien, hay que explicarlo, porque digamos que era algo bonita, y bien, además, porque para esas fiestas donde uno no quería ir solo o nos fallaba la movida en turno, ella era la única que con toda seguridad se encontraba disponible en su casa los viernes o los sábados por la noche. Por eso el apodo. El extinguidor, por aquello de que era para usarse en emergencias. Un apodo —una función, diría petulante mi maestro de política internacional II— del que ella estaba enterada y que aceptaba sin chistar. La traía de un ala. No sé qué me veía —o sí, y por supuesto que no era dinero—, pero siempre estaba ahí, al pie del cañón, como si yo fuera su príncipe azul y ella mi cenicienta, o yo su romeo y ella mi julieta. Lloró, me dijeron, cuando me casé con Sheila. Lágrimas negras de su desconsuelo y amargas como un licuado al que se le pasó la mano de vainilla. El Lucas me lo dijo por carta, reclamándome: ¿y cómo querías que no, grandísimo hijo de Hernán Cortés y la Malinche, traidor a la patria? Que los niños héroes te lo reclamen. Que el espíritu de Juan Escutia te jale de los pies por las noches, ingrato-pérfido-parrandero-y-jugador. Pinche Lucas. Total, ¿y qué? Que sufran. Igual lloraron Rosa, tina, paca, la bibis, la babis, Ana Silvia y hasta la chiquitibum, mujeres todas que hoy extrañan lo bien que yo bailo (bailaba, acompañado de un suspiro) mambo, chachachá, cumbias y salsa, o las excursiones al Ajusco y a las estacas, o mi voz y mi guitarra, o el modo como les hablaba quedito, mis maneras educadas y refinadas que tanto encantaban a sus mamis, o el relajo que también echábamos en la calle, en las fiestas, en los cines, en los restaurantes y ¡shhh! en la cama, y de cuando en cuando, cuando enarbolaba ese tan atractivo grito de guerra:

¡Arroz!

Un ¡arroz! que —otra vez suspiro— hoy es tan sólo parte de un museo de recuerdos que junto con otras cosas —el gran león, los cuentos de memín pinguín y de fantomas, los gritos de ¡gaaas! o la campana de la basura en las mañanas, las tortas de cantina, mis cuates (que aquí en serio no tengo), el taxi siempre limpio de mi jefe (al carefoca cantando que sí, que no, el ruletero) y el rostro dulce, el trato tierno y comprensivo de mi jefa, sus albóndigas en chile chipotle y las ricas enchiladas verdes que tan sabroso prepara— rodean hoy y quizá para siempre mi vida, mi muy singular y patética vida, ésta, mi única vida, norteamericana, aburrida y casada.

¡Buaaa!

Por eso ¡arroz! como le enseño a Tito, y él sólo se sonríe o no me hace caso. O musita un sonido que por desconocido y gutural es indescifrable para los demás, pero que para mí, en cambio, como lo escucho muy clarito —un "oz" angelical que no tardará mucho en decirse con todas sus letras—, despierta no sólo mi ternura sino también mi risa y mis carcajadas.

¡Arroz! y espero que algún día tú también, Tito, seas el terror de las muchachas y el uyuyúi y el me las traigo muertas. Y el nuevo Mauricio Garcés del cine nacional y el nuevo Cary Grant —o el Pierce Brosnan, a quien ya le dieron el papel de mi otro alter ego: el super agente 89, digo, el agente 007— de este lado de la frontera. Vas a ver cómo sí, mi Tito. Y entonces sí que la vamos a hacer en grande. Tú y yo. El dúo dinámico, y todo mundo, desde el Lucas al tan mentado Willie y mi mamita suegra, nos van a pelar hasta los dientes.

"Oz..."

—Sí, ¡arroz!

—Oz...

—¡Eso!

¡Ah, cómo es de inteligente y simpático el chamaco! Mi hijo. Mío de mí. Su de ella y nuestro de nosotros.

El famoso Tito-tito-capo-tito, el futuro terror de las muchachas y el de las señoras maduras y ya no tanto, el que mientras llega ese momento —haces bien, no corras prisa, todo a su tiempo— ahora sólo se dedica —es un bebé todavía— a llorar por las noches y a divertirse con muñecos de peluche y sonajas ruidosas y multicolores.

Mi hijo. Mi primogénito.

El unigénito.

Como yo. Por eso, mío de mí, su también de ella, nuestro de nosotros y nieto favorito de sus abuelos.

Ayer, precisamente, le envié a mis jefes unas fotos de él disfrazado de Batman. Super-requetechistoso (¿o mejor: batman-requetechistoso?) que se ve el chamaco. Requetevaciado. Mi hijo, mi bebé. Batmito González. El Bruno Díaz de los niños. El batitito. El batitito con su batipañal y con su batibañera —con hojas de lechuga, como lo aconseja mi jefa, para que bien se duerma y no dé lata en la noche, aunque ya se ve que no le sirve para nada—, y con su batimamila y con su baticarreola, y con sus bati-ositos-de-peluche y eso sí, con sus batichistosadas. Como cuando juego con él aserrín, aserrán, los maderos de san juan, cómo se ríe, piden queso, no les dan, y cómo se carcajea, piden un hueso, y en vez de eso, una alegría que me alegra y que me da impulsos para seguir jugando y cantando, les dan un hueso ¡que se les atora en el pescuezo! Tito salta y se retuerce del puritito gusto. "Más", pide de inmediato. O como cuando lo lanzo al aire y lo vuelvo a cachar entre mis brazos. "Más", por supuesto que pide. Y ahí va de nuevo, a volar.

Tararán...

Su atención, por favor, damas y caballeros. Un aplauso para recibir a la sensación del momento, al mundialmente conocido Batmito González, el niño murciélago, quien habrá de realizar un acto en verdad escalofriante: unas chiripiorcas insólitas no de uno o dos, sino de cincuenta grados de dificultad y tres saltos mortales.

Redobles de tambor y petición de silencio.

A la una… A las dos…

Pero justo en medio de la función, ¡chin! se aparece ella.

El otro chahuiztle.

—¡No! ¡No hagas eso —es el acostumbrado pleito—: no ves que le puedes causar daños-irreparables-y-permanentes-en-el-cerebro! —argumenta Sheila.

¿Daños irreparables y permanentes en el cerebro? ¿Por jugar con él al osado e intrépido acróbata?

Sí. Dice que lo leyó en uno de sus muchos libros sobre cómo tratar a los niños. Yo, que no he leído ninguno y que además no me interesa, no le creo. Si tiene daños cerebrales, es porque el padre Mendel tenía razón y las leyes de la herencia indican que pudo haber sacado algo —o mucho, aunque espero que no, ¡por favor, no, diosito bimbo, no!— de tu familia, Sheila. Herederos en línea directa del se me bota la canica, enfermos del mal de la azotea, salidos todos de la castañeda. ¿De dónde? De la castañeda. ¿De dónde? Ay, Sheila. En serio que lo que tienes de bonita y en ocasiones de buena esposa y buena madre —si por eso te quiero, ¡suertudota!— lo tienes también de ignorante. Si para tonto no se estudia.

Pregúntale al zotaco. Ahora entiendo las orejotas de burro. Jijau, jijau. La castañeda, tengo que traducirle: el manicomio, la mad-house, la loony bin, Sheila. Ah, pone cara de ¿conque eso era? Va al diccionario para no quedarse con la duda de quién era Mendel (o esa señora castañeda, porque parece que no la convencí del todo), y regresa con el libro en donde se aconseja —"muy científicamente"— no hacer lo que hago con Tito. Lee, mira, aprende. Me señala con la uña donde dice "daño cerebral". Botellita de jeréz. Pero apenas se distrae o nos deja solos, vuelvo a lanzar por los espacios siderales a mi Tito, que mira cómo le gusta, que mira cómo pide más, que mira cómo se ríe y se divierte, que mira cómo da este salto mortal con mamila en mano y con sonaja en la otra, que mira que así fue como lanzó mi bisabuelo a mi abuelo, mi abuelo a mi padre, mi señor padre a mí, y yo, papá cuervo, a mi Tito, porque así será —mira que casi llega hasta el techo y no le pasa nada, aunque cuidado con el foco, hijo mío— por los siglos de los siglos. Amén.

—Más...

—Claro que sí, mijito. Más. Y ahí vas de nuevo, ¡a luchar por la justiciaaaaaaa! Nada más cuídate, mi niño, de los quasares y de no abollarte el perfil griego en una de esas que llegas tan cerquita del techo.

Y Tito, mi hijo, no el de ella, o bueno, de los dos para que vean que no soy tan díscolo como parezco, con los ojos haciendo chiras pelas pero con una cara de diversión que, la verdad, para qué les cuento. ¡Yupi, yupi, yupi! y va para arriba. ¿Más? Pues órale: más, y ahí va de nuevo mi batmito González. El niño murciélago. Mi batitito. A luchar por la justiciaaaaaaaaa…..

Mi niño.

Mi jefa asegura que se parece a mí de la boca para abajo y a Sheila de la nariz para arriba. Por lo de los ojos me parece bien —ojos azules—, y lo del cabello, mejor —es medio güerito—, pero mientras sólo saque eso de la familia… me conformo. Sobretodo, por favor, que no se me haga puto. Sí, que no se me haga puto. O drogadicto. O que no se vaya a meter a una ganga a matar o a que me lo maten. O que le dé por decir que Elvis no ha muerto. O que me lo devuelvan en bolsa de plástico y envuelto en bandera gringa. O que no le guste el pozole. O que no hable español. O que le diga nos vamos de vacaciones a México y se ponga a llorar del susto o me pregunte si ese país queda en África u Oceanía. Por favor. Eso, y que no termine haciendo hamburguesas…

Como yo.

Algo que por supuesto no he dicho en casa. Ni a mis jefes y mucho menos a Lucas. ¿Porque para eso quemarse las pestañas, para eso dejar media nalga en los pupitres? ¿Para eso el título colgado, junto con las fotos de cuando yo era chiquito —sonriente, chillón, serio, dormidito—, en la pared de la sala? ¿Para eso? Pero ¡cómo, señor licenciado! Y no cualquier licenciado: licenciado en relaciones internacionales, aunque les cueste más trabajo. Primer lugar de mi generación y con mención honorífica, que para eso de las neuronas —y de saber cómo copiar en los exámenes— estoy bien dotado. El viejo anhelo: la embajada o el consulado en Inglaterra, los Estados Unidos, o mínimo en Australia o la India. Eso soñaba, soñábamos. Por eso el inglés. Porque sin el inglés —ya lo decía Sócrates, ¿o fue Paco Stanley?— uno no es nada. Y ahí tienen a mi jefa, convenciendo a mi jefe de que le diera más duro a la ruleteada para sacar lo de la colegiatura, y al zángano éste —hablo de mí, no de mi señor padre— asistiendo como niño popis a una escuela en la zona rosa, conocida no sólo por su prestigio sino por la manera como cada trimestre subían el costo de los libros y las colegiaturas. Unas verdaderas y cochinas ratas. Pero, ¿qué quieres? A educarse. Una inversión para el futuro. A ganar en dólares, no en pesos. A echarle ganas, mijito, a ponerse abusado, para que no se atarante y le pase lo que a su apá. ¡Si supiera!

Cinco dólares la hora. A ese ritmo, en ciento cincuenta años, me convierto en millonario y entonces sí los saco de pobres y los invito a Disneylandia y los subo al empire state o los llevo al gran cañón del colorado y les cuento la verdad de estos cuatro años tan de la chingada. Lo mismo a Lucas. Él me decía: no te vayas, vas a extrañar las tortillas, y las tortas cubanas, y vas a querer ir a echar una bailada al gran león o al san luis y no vas a poder hacerlo, y te van a ver feo, representante típico de la raza de bronce como eres, y hasta te pueden matar si te confunden con negro —le menté, por supuesto su muy suripanta y voluptuosa madre—, y te van a hacer falta las idas al futbol los domingos, las partidas de dominó de los miércoles, y tus cuates van a tener que emborracharse a tu salud, ¿te imaginas? solitos, grandísimo pendejo, solitos, porque tú, en los yunaites: harina de otro costal, primero casado y luego de bracero, no llore, cabrón, aguántese, aguántese como los machos. Pinche Lucas. Está loco y es un tal por cual, pero lo quiero casi como a un hijo. Cómo si no, después de todo lo que hemos pasado juntos. Desde madrizas con los de la cuadra hasta dejar la virginidad con alguna de las puchachas de la Roma. O aquella vez, cuando nos querían apañar los judiciales, o aquella otra, cuando les ganamos 4-3 por el campeonato a los de la secundaria ocho. Cosas así. Cosas que hermanan. Como Toro y el Llanero solitito. Yo le sé sus cosas y él me sabe las mías. El aborto de Teresa, la vez que en el taxi de mi jefe nos fuimos a escondidas a Acapulco, la parranda aquella con las italianas, la vez que me metí con la del 305, la ocasión —ahí sí de plano que no se midió el Lucas— que se llevó al hotel a la esposa del chaleco. Shhh, y no digo nada. Un mundo de confianza. Sólo en esta ocasión le he mentido. Mi mujer me mantiene, le escribo. Aquí las güeras toditas todas, de la puntita para atrás y de qué tanto es tantito, se me rinden, presumo. Hoy fue Nancy y ayer Lynn. Pero la mejor de todas, sé que despierto su envidia, es Mary, una señora cuarentona parecida a Loni Anderson —le mandé una foto—, que en la cama es una octava maravilla. ¡De lo que te pierdes, Lucas! Para chuparse los dedos, y ¿qué crees? Gratis: en plan de amigos. El esposo, ¡muuuu! está en la marina. Seis meses en un destroyer, patrullando el mar del norte, mientras yo aquí le patrullo sus costas y otras cositas. ¡Si vieras, Lucas!

Así han sido mis cartas: diversión tras diversión y algunas movidas. Y en cuanto a la familia, lo mismo. La única verdad, o bueno más o menos verdad que le he dicho desde que me mudé a los estates, es con referencia a Miss Bruja, la mamá de Sheila. ¡Su madre! Sí, ay, nanita: su madre. Como ver a las doce de la noche, a solas, una película de espantos. Me lleva el patas de cabra. ¿Y todavía te preguntas, Sheila, si te amo o no te amo? ¿No es suficiente prueba de amor el tenerte a ti de esposa y a tu señora madre de suegra? Así, de llegar a morirme, derechito al cielo. Con todo y zapatos, sin averiguaciones previas. Pásele, joven. A lo barrido. Sin boleto. No hace falta. Un viaje directo y sin escalas, hasta con posibilidades de beatificación, por mi actitud de santo. Por soportarla a ella. A Miss Bruja, como le digo —y como con creces se ha ganado el apodo—, con su expresión de vida no me mereces, de te estoy haciendo un favorsote al venir, eso ténlo muy claro, que conste, o de ¿en estas condiciones vives? y su actitud de inspector de control de calidad que todo lo mira y lo juzga. La imagino de crítica de arte o de literatura, brutal y sangrientamente asesinada: las sospechas recaerían sobre todos los pintores y escritores —vivos o muertos— de los que escribió alguna nota. Juro que así sería. En serio. Por ésta. Me cái que sí. Un caso para Sherlock Holmes o para Peter Pérez, el detective de peralvillo. O para el que después de Mauricio Garcés también es mi alter ego: tacatacatacatacatacatacatacatacataca... ¡Batman! Porque, en serio, ya ni la amuela. Vieja hígado. Abusadora. ¡Y si mínimo, como asegura y presume ella, alias la novia de drácula, el sueño erótico de un gremlin, el carácter cuando está de malas de un tiranosaurio rex, tuviera buen gusto! No lo ha tenido ni para casarse, que se casó primero con Robert, el papá de Sheila, aquel mi suegro —¿suegra?— y ésta mi adorada esposa, mi ball and chain, mi güerita de revista, la mamá de Tito-tito-capo-tito, hija de la señora ésa y hermana de toda la camada aquella de inútiles, y luego con Tom, un millonario de Texas, que usaba botas anaranjadas, camisolas amarillas, sombrerotes rosas, que era dueño de un convertible pintado con un poco agraciado color azul pastel a lo sanborns, decorado con unos cuernos largos —¿la voz de su conciencia?— en la parte delantera del cofre y con unas bocinas con las que ruidosamente interpretaba la cucaracha. Tom, el dizque vaquero Tom —"pobretóm, pobretóm, pobre pobre, pobre pobre, pobretóm", como yo le cantaba—, quien mascaba y escupía tabaco a diestra y siniestra y quien —como era de esperarse— murió de cáncer en la garganta el año pasado. O como Jesse, su actual marido, que también se pudre en lana y es un buenazo para los negocios —lo mismo vende armas que es dueño de varias agencias funerarias—, pero que no se distingue precisamente por ser un dechado de buenos modales o de costumbres. Le agarra la nalga en público a mi suegra —¡Jesse! salta ella entre que apenada y contenta—, hace ruidos al comer, crunch, crunch, splash, splish, splush, y se saca con los dedos la comida atorada entre los dientes. Un nervio de carne, la piel de un grano de elote o de frijoles. Luego, cuando se emborracha, que es casi siempre, o por lo menos como lo he visto en las reuniones a las que Miss Bruja, ya casada con él, se ha dignado a invitarnos, le da por imitar a Frank Sinatra cantando "my way" o a Silvester Stallone en Rocky uno, dos, tres y cuatro, y en Rambo uno, dos, tres y cuatro, con todo y dos ametralladoras de asalto, cargadas y listas para mandar al infierno a cualquier incauto que se le ponga enfrente. Se viste además como retrato: el mismo traje gris a lo Matlock, sin ser abogado-detective, o como niño pobre que entre eso y andar a ráiz no tuviera otra cosa que ponerse. Pero eso sí (por-supuesto, ¿qué esperabas?) Miss Bruja no lo ve o hace como que no se da cuenta. Ella, que toda su vida esperó que Jacqueline Kennedy la invitara a una de sus fiestas o que el príncipe Rainiero le besara la mano, y al levantar la vista, se le escapara decir que tiene la misma elegancia y belleza de la difunta Grace Kelly. Sí, cómo no. Esos aires de grandeza. Esa nariz como si pasara junto a un basurero. Esa manía de verlo todo imperfecto y de no estar satisfecha nunca. El cuadro que se ve mejor allá que acá, el es obvio que les agarraron las prisas y no les dio tiempo de limpiar todo porque ¡ajá! hay polvo en la pantalla de la tele; o la comida que ¿cuándo vas a aprender? como que algo le falta y no nada más sal, o un comedor bonito, ¿cuándo se lo compran? o ese pantalón, ¿no se pudo haber visto mejor con una planchada? Mi mamita suegra. Conocida en el bajo mundo como la hija de suchi. Razones, y de sobra, un titipuchal, un chingo, miles, millones, me parece, tuvo Robert para separarse de ella. No sólo eso: también para terminar haciendo lo que ahora hace. ¡Mamita! Otro caso. Otro episodio más de la dimensión desconocida.

Como ir al cine sin pagar entrada y ver una película que no nos gusta. Un churro. Un churro gringo, no mexicano.

"Mi suegra: la zombie asesina". Una vieja idiota, cerrada, espiritifláutica, racista, que no aprueba nuestro matrimonio. Hubiera querido ver a su hijita casada con algún millonario de Nueva York o de Texas, o de perdida con un francés o islandés, ¡no con un "hispano", como aquí nos llaman! La maldita Miss Bruja, que no deja de hacerme la vida pesada. Con el inglés, por ejemplo. Nos invita a comer, invita también a varias de sus amistades, todos ellos doctores, banqueros, vendedores de bienes raíces, gente "de la alta" —en realidad todos unos estúpidos y creidotes como ella misma y su actual marido—, para restregármelo en mi cara: eres un don nadie, un poca cosa, ¿qué futuro le vas a dar a mi hija? Ninguno. Y apenas abro la boca, me corrige: "No se dice así". Pregunta: "¿Cuánto tiempo llevas en los Estados Unidos?" Le contesto y siempre es lo mismo: "Pues no parece. Aún sigues hablando tan mal como la vez primera". Pinche vieja. En momentos así me dan ganas de estrangularla.

O de darle una patada. O de mandarla por UPS directo a la chingada. Pero me detengo, no me queda otra más que quedarme callado. Nos pasa mensualmente una pequeña ayuda con la que pagamos parte de la renta, y con eso compra, como los gángsters, nuestro orgullo y nuestro silencio. Tu mommy dearest, como le digo a Sheila. Algo, esto último, que por supuesto no le he contado a Lucas. Él sabe que es una cabrona y una víbora de primera, y le he dicho también de cómo me corrige y me corrige, pero de todo lo demás… chitón, nada. Deslicé, eso sí, una pequeña mentira: lo que hice la última vez que nos vimos. La mentira es ésta. Mi venganza. Miss Bruja nos invitó de nuevo a cenar. Ahí estaban todos sus muy babosos y ricardos invitados. Conversaciones de altura: aquel que platica de su próximo viaje a Nueva Zelandia, aquel otro que se acaba de comprar un velero, la encopetada señora que recién conversó con el gobernador de California, aquella otra que habla de la pobreza del tercer mundo —"el problema es que todos ustedes se reproducen muy rápidamente", explica— o del que presume del exclusivo y elegante club de golf al que pertenece. Cosas así. Lo que hablan los pipirisnais de acá, la gente de alcurnia, ¿veeees? Se sirve la sopa, alguien por hacerme conversación me pregunta algo, y yo como mejor puedo le contesto. Pero Miss Bruja me interrumpe. "Así no se dice. En buen inglés se dice así y así", y me corrige. Luego, para echarle más sal y limón a la herida, con cara de no sé cómo mi hija se fue a casar con un bracero, pregunta: "¿Te cuesta mucho trabajo comprenderlo? ¿Cuánto tiempo llevas ya en los Estados Unidos?", grandísimo tonto. A lo que yo, mi querido Lucas, que con ansia loca estaba esperando ese preciso momento para vengarme, le digo: "¡Chín, la chingué de nuevo!", con tronar de dedos, chasquear de boca y toda la cosa. No en español sino en inglés: Oh! shit, I fucked up again! ¿Te imaginas? Enfrente de todos: I fucked up again! —le incluí la traducción en la carta, acompañada de una minuciosa descripción de los rostros rojos de los invitados, de aquel que escupió el vino y el pollo bañando a la señora de al lado, y el desmayo tan teatral y casi infartante de mi mamita suegra... No se murió y ni modo. Ya será para la otra. Para que aprenda y sufra la canalla.

¡Así se hace! imagino a Lucas sonriendo. O ¡qué bueno! No te dejes. La venganza es dulce, dulce y sabrosa como los gansitos y las obleas de cajeta. Dulce también como aquella otra vez, muy al principio, cuando Miss Bruja me dijo que sus jardineros eran todos mexicanos y yo le contesté que en México nuestro cocinero era gringo y además güerito. Conmigo Santa Anna no hubiera perdido Texas. La guerra en pleno. Algo que por supuesto sólo ha pasado en mis sueños. Porque hacerlo realidad... como decirle al león lávate la boca o meterse a patadas con el presidente. Pero confesarles eso a mis jefes, o al Lucas, ni pensarlo. Coyón, me dirían. O qué haces allá, regrésate de inmediato, ahí te va lo del camión y para una torta. Porque para despertar lástimas, mejor aquí en tu pueblo. No quiero eso. Yo lo que quiero es que me envidien, que me admiren, que me pongan como ejemplo. Como cuando me ligué a Sheila. Derecha, derecha, gozábamos nuestro juego de tontos, cuando ahí, en medio del zócalo y llevando un gorro de hada madrina, la vi, la vimos. Órale, tú que hablas inglés, me lanzaron al ruedo. Más que inglés me salía algo así como lo que uno habla con la boca llena de pinole o de confeti, pero se sonrió. Yo me dije: sobres, ya estufas mabe. Le invité unos buñuelos, le compré una trompetita de plástico y le di de mis huevos de harina para que practicara al blanco con el morsa y el zotaco. Ah, cómo nos divertimos. Pregúntale que si tiene hermanas, me pedían, que si es güera balín o de a deveras, que si de cuates se acuesta con todos, no dejaban de molestarme, y yo, sin hacerles caso, medio traduciendo algunos pasajes de nuestra historia patria. Que si Hidalgo, que si el emperador Iturbide, que no, que Panchou Villau no había tenido que ver con la independencia, y de cómo el pelón sal al balcón ya iba a dar el grito; ven, vamos a acercarnos, y lo dimos. ¡Viva México! ¡Viva México hijos del maíz y de la conasupo! Qué risas. Qué bonito era su largo y rubio cabello y qué elegantes sus jeans negros y planchaditos. Qué sabrosa cintura se le veía, y todavía mejor, se le sentía. Así empezamos. La acompañé a su hotel en Luis Moya y pasé esa noche con ella. Luego vino Chapultepec, el templo mayor, Garibaldi, ¡hasta una corrida de toros! —de la que salió vomitando—, y comida de domingo con mis jefes, que querían conocerla. Mole, ¡mole! ¿cómo que mole, jefa? a quién se le ocurre. Por supuesto, se enchiló todita y le dieron agruras. Mole, arroz y frijoles. Ellos hablaban y yo traducía. Seattle, ahí vivía, la universidad, estaba en primer año de letras; hermanos, cuatro, dos hombres y dos mujeres, ¿otro taquito? no gracias, ¿qué no le gustaron? sí, jefa, pero... ¿y qué le parece México? bonito. Mi jefa, orgullosota. Ya ve para lo que sirve el inglés, mijito. Sí, para ligarme una gringa, para echar novio con ella, para escribirnos kilos de cartas, para vernos de nuevo al año siguiente en Puerto Vallarta, para que la cuenta de teléfonos saliera en un ojo de la cara, y finalmente —me sale más barato, bromeaba—, para casarme con ella. Por las tres. Por lo civil, por lo religioso y por quién me manda. Mi jefa, ese día, contenta aunque llore y llore. Mi jefe, con la cuba en la mano, hijo de tigre pintito. Los cuates como siempre, hasta atrás, y cantando: ya se casó ya se amoló, y yo feliz de la vida. Luna de miel en Miami y de ahí a Seattle, a conocer la familia… Su familita.

Debí haberlo sospechado.

¿Y tus padres? le preguntaba mi jefa. Ella contestando con evasivas. Divorciados, y qué bonito está el día, ¿no le parece? ¿No van a venir a la boda? No, se alzaba de hombros. Se nos hacía raro, pero pensábamos: costumbres gringas; porque allá no es como acá, los hijos se van, la familia es muy desunida, no son como nosotros, ¿entiendes? Algo que era cierto aunque solo en parte. La verdad es que detrás de todas sus evasivas había también otros motivos. Por lo pronto, doy gracias al osito bimbo de no permitir que "don Robert", es decir su "señor" padre, se apareciera en la iglesia o en la recepción cuando nos casamos. Qué suerte tienen los que no se bañan, porque qué susto me hubiera dado. Quemado de por vida. De la que me salvé en serio. Hubiera sido la comidilla, la burla de todos. Apa familita que te buscaste, me hubieran dicho. Y ten cuidado, porque eso se pega. Han de ser los corn flakes o las hamburguesas. O el agua. Filtra el agua que tomas. O chupa cervezas. Pero importadas, conste. Porque ser una familia así o tener una familia así… Qué friega. ¿Pero cómo saberlo? Me había enseñado una foto de él: de soldado. Me había dicho: es ingeniero. Me presumió: ha salido tres veces en la tele. Me advirtió: es muy especial. Pero yo pensé: si sale en la tele ha de ser muy importante, y por la cara ha de estar siempre diarréico, o lo peor, de mal genio. Por eso, el día que lo conocí, yo estaba muriéndome del miedo. El suegro. Ex soldado. Había matado a no sé cuántos en Vietnam… ¡Chingar! ¿Y si yo no le gustaba, o si era miembro del ku-klux-klán, o todavía peor, de los cabezas rapadas? ¿O si en un arranque de locura o de odio racial hacía enviudar a su hijita volándome de un escopetazo la tapa de los sesos. la caja de los pambazos? Mejor no vamos. También vivía en Seattle y por largo rato me salvé de conocerlo —otra vez, costumbres gringas—. Pero un día, para su cumpleaños, nos habló por teléfono y nos invitó a comer. Ni modo. Llegamos con el postre y tocamos el timbre. "¡Sheila, querida!", nos abrió la puerta una señora —o algo parecido— como de dos metros de altura, grandota con ganas, rubiesota y vestidota de rojo. "Papá", la abrazó Sheila. ¿Papá? me quedé con el ojo cuadrado. "Papá, te presento a Marcos, Marcos, te presento a mi papá…". Tartamudée cualquier cosa. "Pero pasen, pasen". Entramos a la casa y le hice entrega del postre. Hubo un gritito mariconsón y cursi: "¡Pay de frambuesa! ¡Qué rico! Es mi favorito. Gracias, gracias". Voltée a ver a Sheila, con ganas de reclamarle a patadas; la muy abusada rehuyó mi mirada. El papá ¿la mamá? llevó el pay al refrigerador y nos sentamos en la sala. "Así que Marcos", me observó coquetonamente; cruzó la pierna y dejó entrever algo del liguero. Pa-pi-to. "Yes, sir…" digo: "miss…" "Dime Marilyn", me pidió él-ella. ¿Marilyn? voltée a ver de nuevo a Sheila, ¡pero si me habías dicho que se llamaba Robert! Se llamaba, contestó ella más tarde, cuando de camino a la casa le exigí explicaciones. Ahora era Marilyn. ¿Y por qué Marilyn? Por Marilyn Monroe. ¡Por Marilyn Monroe! Sí, agregó Sheila: es su actriz favorita y quiere parecerse a ella. Le contesté furioso: pues con esa cara mejor se hubiera puesto Arnolda, por Schwarzenegger, que es igualito a él en Conan the barbarian. O Boris, por Karloff. O nuestra señora de París, por lo del jorobado… No te burles. Si no me burlo. Es que me hubieras dicho. Pues te estoy diciendo. Pues dime. Y así, en los veinte minutos de viaje hasta nuestro hogar dulce hogar, me fui enterando de la vida y de algunos de los milagros de mi suegro-suegra. Que había salido del clóset hacía siete años, que ella ya lo sospechaba porque se le desaparecían desde aretes hasta medias, que un día lo encontró con pestañas postizas y la boca pintada, que ella lo entendía pero que había sido muy duro para su madre y sus hermanos, que el papá terminó por decidir que quería ser Marilyn y no Robert, y que su madre, Miss Bruja, le había pedido el divorcio. ¡Pero es un hombre muy bueno! estalló en lágrimas. ¿Hombre? me salió mi lado machista y a Sheila lo boxeadora, porque la arremetió a jabs contra mi persona. Sí, sí, un hombre bueno, muy bueno, aunque lo dudes, you idiot. Algo que, aquí entre nos, no es mentira. Robert, qué digo Robert, Marilyn, nos ayuda en todo. En todo lo que puede. Que si unos boletos para el cine por si nos aburrimos, que si una chamarra para mí para el frío, que si un sillón para que no se vea tan desnuda la sala, que si cenamos italiano y yo invito, que ve a ver de mi parte a esta persona: a lo mejor te da un buen trabajo, o que si algo te queda de mi ropa —la de antes, claro—, por favor, la que quieras, con confianza, para eso es la familia, o que si a nombre suyo —para que nos dieran crédito— comprábamos la videocasetera que tanto nos gusta, adelante, no había problema. Cosas así. Muchas más. Como cuando me ayudó a cargar un librero los cinco pisos que eran hasta nuestro departamento, o como aquella otra ocasión, cuando lo volvió a bajar —junto con mesas, sillas, cama, cajas de trastes y de libros— la vez que ya con Tito optamos por rentar una casa. Una gran ayuda, a no dudarlo, y más en momentos así de mudanza, porque habla como si no rompiera un plato pero está fuerte el condenado. Y cocina rico, mejor que tú, Sheila, cómo me divierto en enchincharla. Me cae bien —tampoco mucho, que conste— y ya hasta me sale natural llamarlo Marilyn, total: si eso es lo que quiere. Vamos a su casa y él viene a la nuestra. Platicamos a gusto: con Sheila, de lo último que compró en victoria's secret, y conmigo, de basketbol o de futbol americano. Pero eso sí, a lo que todavía no me acostumbro, es a la gente que —en el súper, en la calle o de carro a carro— se nos queda mirando. Lo que han de pensar de mí. Que soy igualito, que me gusta la carne de burro. En esos momentos me hace falta una bolsa de papel o una máscara de Blue Demon o del Santo.

¿Y contarle eso a mis jefes o a Lucas? No estoy loco. Les escribí que era ingeniero y que había aparecido en la tele, pero no que en Donahue y con Geraldo. Hombres que han decidido ser mujeres. Hombres casados y con un secreto. Qué risa. Como la que les daría, aparte de verme con Marilyn, si me vieran también con mi delantal y mi gorrito. Embajadores metidos a cocineros. Cónsules que hacen hamburguesas. ¿Porque para eso el título? ¿Para eso el inglés? Pues sí, porque aquí no hay de otra. Aquí o trabajas o te chingas. O te partes el lomo o pasas fríos. En Seattle y supongo que lo mismo en Alaska y hasta en la Florida. Ahora por lo menos ya dejé de lavar baños y también platos. Gran adelanto.

95

De aquí a repartir pizzas, a ser mesero en un restaurante mexicano, a aprender a hacer cocteles, a buscarme una chamba de maestro de español, a esperar a que un día la revolución me haga justicia o que Steven Spielberg o Clint Eastwood me descubran. Mientras tanto, a darle duro a la chamba. De noche a noche, de sombra a sombra —con estas amanecidas tarde y los anocheceres temprano—, para pagar la calefacción y el cable, o los gerbers de Tito, sus pañales, su traje de Batman, su baby sitter, o la letras del carro y del refrigerador, de la recámara del niño, y la luz, el teléfono, la gasolina, el puré, el pay de calabaza, el gravy, el pan, los elotes, los chícharos, la mermelada de cranberry, el relleno para el pavo y el pavo mismo de doce libras y mutante —porque tiene cuatro patas en lugar de las dos que debería—, que no sé si quemado o no nos comeremos esta tarde...

Día de Acción de Gracias... De nada.

Y ¡chin! tocan a la puerta: me parece que ya llegó el primero.

Por favor, por favor, que no sea Willie. Please. Y prometo no andarme fijando en las piernas de las vecinas. Voy. I am coming, I am coming, están pegadotes al timbre. ¿Abres tú? me pregunta Sheila. Sí, yo abro. Total, como dice el dicho: al mal paso darle prisa. Me gustan las emociones fuertes. Como estar en un cementerio y saber que se aproxima la hora de las brujas. O la dimensión desconocida.

Abro la puerta y ¿quién es? ¡Bobbie y Lorián! le grito a Sheila.

Lorián con un invitado cuyo nombre me sonó ininteligible pero al que apodé mister right porque supongo que es su pareja perfecta, a juzgar por cómo los dos se sentaron en la sala, ella a darle duro a sus tambores imaginarios y él a tocar una guitarra que en realidad era una de sus piernas. Tal para cual, igual de tocacintas ambos. Y luego Bobbie. A Bobbie le ha dado por tatuarse y por hacerse agujeros en todo el cuerpo. Tiene un arete en la nariz, otro en la tetilla izquierda y cinco en cada oreja. Acaba de hacerse uno, me enseñó, en la lengua, y otro, se sonrió, en un testículo. Casi me retuerzo del dolor cuando me lo contaba. Asegura que no duele y que a las mujeres les encanta. Si quieres te doy la dirección. No gracias. Yo paso. Se lo cuenta a Lorián y se baja los pantalones para mostrarlo. Tanto ella como su novio dicen cool y se dedican otra vez a tocar el concierto —de rock, me parece— en el que en silencio han estado desde que llegaron. Suena el teléfono y ¿quién es? Mi cuñado favorito: el sonofabich de Willie. Que perdió su conexión, que lleva seis horas en Houston, que todos los vuelos están retrasados o llenos, que no sabe si a uno de sus perros lo mandaron equivocadamente a Denver, que tiene ganas de matar a alguien, que es un relajo, que lo lamenta, pero que no va a poder estar con nosotros... ¡Yupi! no puedo evitar gritar de alegría apenas Sheila me lo cuenta. Tito me escucha y repite ¡upi! Yo para mis adentros me digo: gracias, hijo mío, carne de mi carne, tú sí me entiendes. Pero Sheila se pone a llorar como loca. The rag, como ella dice. Está en sus días. Su tía la comunista. El primer thanksgiving que hace en casa, y ahora eso. ¡Buuu! Ella que quería ver a su queridísimo hermano y él que no viene. ¡Buuu! La tomo entre mis brazos y la consuelo. Pero por dentro sonrío: qué bueno. Y si de paso Miss Bruja tampoco se aparece, para mí perfecto. Hago changuitos y prometo que de cumplírseme el deseo no voy a dejar mis zapatos tirados por toda la casa y tampoco mis calcetines. Es más: hasta procuro dejar tapada la pasta de dientes o no dejarla toda apachurrada, ¿ok?

Pero ¡chin! tocan de nuevo a la puerta.

¿Miss Bruja? ¿O tal vez "mi cuñadito" Willie, que —es capaz— quiso jugarnos una broma y siempre sí llegó acompañado de sus pulguientos y apestosos perros? ¿O si no ellos, Samantha, el más claro ejemplo para los psicólogos de la falta de figura paterna?

No.

—¡Es Robert! —le grito a Sheila, el culpable de esos y otros detallitos de esta loca familia, convertido en Marilyn Monroe, o algo parecido. ¡Hooooola! me da un beso en la mejilla. Trae minifalda y maquillaje de puta o de esposa de diputado. Hola, saluda a los músicos, pero es tan fuerte el volumen en que tocan, que no se dan por enterados. Hola, le dice a Bobbie y éste le enseña la lengua y está a punto de bajarse los pantalones. Hola, abraza a Sheila con ternura, y hola, my little and handsome boy, se acerca para darle un beso a Tito. Peligro, peligro. Éste, apenas lo ve, se espanta y comienza a patalear y a hacer una rabieta. Ya, ya, lo tomo entre mis brazos. Pobrecito. Mi nene. Si sigues así vas a quedar traumado. Ven, mejor vamos a ver una película de Drácula o te cuento del niño al que los lobos le comieron los brazos o las piernas, o la historia del dr. Jeckyll y mr. Hyde, calma, calma, y lo subo a su recámara.

Aserrín, aserrán, trato de calmarlo, los maderos de san juan, aparece una sonrisa, piden pan, no les dan, se regodea de saber lo que le espera, piden queso y en vez de eso, dirijo mi mano a su cuello, les dan un hueso que se les atora ¡en el pescuezo! Más, más, pide Tito, no con palabras sino con convulsiones de su cuerpo. Más, y yo le hago caso. Aserrín, aserrán. Me gusta su sonrisa y sí, tiene razón mi jefa: se parece a mí, no nada más de la nariz para abajo, sino todito, todito él. Guapetón el chamaco. Esa sonrisa de cabrón. Ese Marcos en potencia. Ese hijo de su papá. El terror de la cuadra y de las muchachas y de las ya no tanto. ¡Arroz! Cuando crezcas, vas a ver, te voy a llevar a jugar futbol conmigo, y hasta a un cabaret, para que aprendas, y te voy a llevar a México y te voy a decir: mira, ahí nací, o mira, esa es mi secundaria, o mira, esta cantina era mi favorita, o mira, este es el taxi de tu abuelo, o mira, tu abuelita, o mira, aquí conocí a tu amá. Y te voy a hablar en español para que también lo aprendas, y te voy a contar de Juárez y de los niños héroes, y te voy a enseñar a comer tortas y mole, y espero que ya venga en camino el disco de Cri-crí que mandé pedir para tu cumpleaños, y te voy a comprar una piñata y ahora sí en navidad organizo una posada. Y voy a ser bueno contigo y voy a trabajar duro muy duro para que no te falte nada. Mi niño. Mi Tito. Mi Marquitos. Aserrín, aserrán.

El timbre de nuevo.

¿Samantha?

¡Noooo! La voz de mi mamita suegra.

¡Un hiiii! jurásico y ultradecibélico. ¡Chin! nos cayó el chahuiztle. Ni modo: se aguó el día de acción de gracias. De nada. La imagino a la hora del pavo, haciendo caras porque no le gusta cómo lo preparó; o a la espera del momento de saltar para corregirme: "Así no se dice". Vieja jija. Pero esta vez, lo juro, le contesto, aserrín, aserrán, en serio que se lo digo, Shit! se sonríe el niño, I fucked it up again! se retuerce del puritito gusto, I fucked it up again! en serio que se lo digo, me cái, y se les atora en el pescuezo…

BODY AND SOUL EN SAN GABRIEL

Estar así, desnudo, de cara al sol, acostado sobre las calientes piedras, qué sensación de lo más agradable. Le hubiera gustado a Narita. Narita que estaba sola. Narita que cómo desearía estar ahí, asoleándose, echándose clavados. Héctor Orestes bien que podía imaginarlo: su cara nórdica en la que todas las sonrisas del mundo se le hubieran juntado, al chapotear en las tibias aguas; o su duro cuerpo de atleta —pálido, un pálido molesto, casi translúcido, ella se quejaba—, ahora de un rojo intenso y peligroso, un rojo terco, propicio para las bromas, acompañado de ese mohín, ese capricho, el de quedarse mañana, tarde y noche en ese sitio. Héctor Orestes lo sabía. Ella misma se lo había advertido, años atrás, cuando después de vagabundear por las nevadas y concurridas calles a él se le ocurrió contárselo. Era el primero de sus inviernos compartidos. Desde su habitación de *jeune fille*, podían contemplar el paso de los buques mercantes y lo pesadamente gris del mar a lo lejos. Hacía frío. En la calle la nieve caía y el vaho de la respiración parecía congelarse en sus bocas. Entraron a la casa, saludaron a los padres, a Hans, el hermano, se despojaron de las gorras, los abrigos, tenían las narices todavía frías y coloradas, titiritaban con las manos aún ateridas, sin querer soltar lo caliente de una taza de café que se habían preparado. Héctor Orestes habló entonces de la poza, ese sol magnífico, las aguas calentadas por el volcán. De San Gabriel, su pueblo, y de México, esa mancha azul en el mapa. Aquí mero, *voilà* —su dedo sobre el altiplano—. Ella, harta de la gélida monotonía a la que le condenaban familia y patria, se entusiasmó: algún día, dijo, algún día tendrás que llevarme. Cuatro años desde entonces. Una eternidad. No: un instante apenas. Héctor Orestes lo recordaba y meditaba sobre aquello, mientras el sol secaba su piel —el salitre sobre los hombros— después de haber nadado un poco. Qué agradable. El calor. Las piedras. El polvo. El cielo ¡azul! y lo seco ("desértico no, seco", le decía a Narita) del campo. Ese paisaje. Tenía la mirada clavada en el horizonte, hacia el rumbo del pueblo. No estaba solo. Unos niños habían llegado y se habían puesto a jugar con su perro. Lo aventaban al agua desde lo alto de una roca, entre risas y ladridos. Una hora o algo así habían estado. Chapoteos, gritos, ladridos y más ladridos, hasta que de repente, al grito de vámonos, como si el tiempo de permiso se hubiera agotado y se encontraran cerca de la nalgada, recogieron la ropa apilada sobre las piedras y se vistieron. El perro, temeroso de ser aventado de nuevo, se escabulló por entre los matorrales; ahí, sacudiéndose, intentó secarse. Los niños le chiflaron; éste, manso, acudió a su lado. Todavía alguien se agachó a recoger piedritas, que lanzó al agua, cara de pingo, divertido. O tal vez hacia algún blanco entre las rocas que Héctor Orestes no podía ver. Otros lo siguieron. Un breve juego apenas. Y así como llegaron, entre risas y ladridos, también entre risas y ladridos terminaron por marcharse.

Era poco más del mediodía.

Héctor Orestes los había visto desaparecer por la vereda. La misma vereda que tantas veces de niño había recorrido y que ahora era su diario camino de su casa hasta la poza y viceversa. Su casa. ¿Seguía siendo su casa? Prefería llamarla, tal y como empezó a hacerlo desde París, la casa de sus padres. Pero, ¿lo era? Ya ni siquiera eso. Su padre había muerto. El telegrama decía: "regresa, papá grave". Narita preparó la maleta, pagó a crédito el boleto de avión, le puso en la bolsa de la camisa trescientos dólares que pidió prestados, lloró, tal vez porque presagiaba que no volvería a verlo, y de un abrazo y besos mojados lo despidió en el aeropuerto. Diez horas de vuelo. Después seis de camión, en un camión que le pareció sucio y oloroso, con la ventana siempre abierta por el calor, el polvo del camino adueñándose de su frente y de su garganta, un olor a alcohol, a sudor rancio, a flato de pobre, a guajolote, a pantalón y rebozo que, por ser los únicos, no habían sido lavados en meses. Una molestia le aquejó entonces: no la de su padre enfermo, la de su gente, su país. Detenido en el tiempo, atrasado, pobre.

Cuando Héctor Orestes llegó ya era tarde. Una lápida y flores a punto de marchitarse marcaban el sitio en que su padre había sido enterrado dos días antes. Lloró. Lo hizo junto a su madre y también a solas, arrodillado a un lado de la tumba. Esa vez llevó su clarinete. Lo sacó de su estuche y tocó para él. Tocaba y lloraba. Se reprochó esos trece años de una vida que parecía promisoria y que de repente, le escribió un día su padre, se convirtió en libertina. Palabras más, palabras menos: precipicio de la vagancia, infierno de la disipación, puerta fácil para el alma que no es poderosa. Héctor Orestes recordó esa carta y también su final: "no vuelvas nunca". Siempre así su padre, disciplinado y correcto, estricto, con sus frases de maestro rural y caballero de otro tiempo: "el estudio os hará libres", "la música, deleite para los oídos de los hombres y de los dioses", "la honestidad, la mayor de las virtudes", "respeta a tus mayores", "eres una deshonra a nuestro buen nombre", y Héctor Orestes, en París, que imaginaba su cara, dura e inamovible mientras leía su caligrafía elegante y lapidaria, "no vuelvas nunca". Narita sabía de esa carta, de ese dolor en el alma de quien llamaba su tesorito, pero más terrenal, con la inteligencia amorosa e intuitiva que le era propia a las mujeres, cuando él desechó con mil razones y semblante sombrío —dinero, separación, lejanía, miedo, orgullo propio— la idea de regresar, ella lo alentó y terminó por convencerlo. Dos días así. Días de no dormir, de ofrecerle ayuda, calentarle y enfriarle el cerebro, de hacerle ver lo que era mejor para él, para ella, para todos. Dos días tan sólo, largos, de mal humor a momentos, de estómago contraído, de pensar en los años bien o malgastados, de esos años y de estos días, dos, de los que ahora Héctor Orestes no sabía si quejarse o agradecer. Con un día que hubiera llegado antes, lo hubiera visto con vida. ¿Pero quería verlo?

—Estudia, sé un hombre de provecho...

Con esas palabras, dieciocho años atrás, su padre lo había acompañado hasta el camión. Le había dado la mano para estrecharla —no un beso, no un abrazo, y su voz, lo notó Narita, como que se aniñaba—: así se despidió. Su madre, que esperaba turno, lo llenó de besos y abrazos, lo persignó, lo colmó de buenos deseos y recomendaciones. Muchas lágrimas. Un viernes por la tarde. Había sido un día como éste. Un día igual a todos. Un día de muchos en San Gabriel: caluroso, con el sudor bajándole por la frente y la camisa, con el empedrado de la calle como brasa, y con aquellas ganas que tenía, en lugar de regresar a Noruega, en no pensar en aquello, en posponerlo. Era algo que bien podía dejar y hacer para mañana.

Mañana le escribiría a Narita. Le diría:

—Ven al sol, a la poza.

Mañana, esa palabrita. Hoy, mejor comerse una paleta o una nieve de fresa. Un deseo que contuvo por años, kilómetros, ciudades e idiomas, hasta ahora que, de regreso, se aparecía diariamente en "El oso polar", nieves, helados, esquimos, la paletería junto al mercado. En la mañana, apenas abrían la cortina metálica, era el primero en llegar. Por la tarde, lleno de sol, los zapatos sucios por el polvo del camino, compraba una de fresa o de mango, piña, grosella, guanábana. Las comía sentado en alguna de las bancas de la plaza. Ahí veía el revolotear de los pájaros en los árboles, el llorar de los niños cuando por jugar caían de rodillas o de boca, el campanario de la iglesia, el grosor de los contrafuertes, la gente del pueblo que pasaba, los perros flacos, la anciana que vendía pepitas y cacahuates, la basura en las aceras, las moscas. Así descubrió, un domingo, a Tomás, Tomasito, Tomasito el lagartija, el más pequeño de la banda del pueblo. Qué divertida le puso con su cara de travieso y sus bracitos tan pegados al cuerpo, que le habían valido el apodo; sus apuros por no quedarse atrás con la música. Los observaba, a Tomasito, a su padre, Tomás grande, que tocaba el violín, a doña Hortensia, la de las flores, a la vieja que vendía pepitas, a doña Luz, ahora lo sabía, que allá, junto al comal, hacía los sopes, a las niñas con sus trenzas, a los niños con sus palos como espadas y correteándose los unos a los otros. Atestiguaba ese mundo, y al hacerlo, pensaba no sin desazón en él mismo, en esos dieciocho años que había pasado fuera, en su padre, en su madre, y ahora, en las recién descubiertas piernas morenas de su antigua compañera de primaria, Paloma. Pensaba en eso y en lo que él, Héctor Orestes, había hecho, ¿deshecho? con su vida, México, Francia, Noruega.

Era curioso. Había algo extraño, inexplicable. La vida. Ayer junto a Narita, las montañas nevadas, otra comida, el idioma, difícil, que hoy de qué le servía, y hoy ahí, de nuevo entre los suyos, ahito de sol, redescubierto el calor, las enchiladas verdes, el queso fresco, olvidado el *merde*, el *skoal*, y ese chin o ese chingar, o ese salucita, que exclamaban sus amigos de billar y de cervezas. Una sensación que no lo dejaba, un pensamiento que lo acompañaba de la casa a la poza, del mercado a la plaza, en la iglesia cuando entraba a recibir el fresco, entre las lápidas, o cuando se aparecía a echar una carambola, vaya, hasta cuando ayudaba a Tomasito a tocar el clarinete. Una sensación que no alcanzaba a definir. ¿Qué era? ¿Miedo? ¿Miedo, él también, de morir? La vida rápida, inconclusa. ¿Era eso? Tal vez. ¿Había sido así la de su padre? Lo imaginaba en el cementerio, su soledad en las noches. ¿O era otra cosa? ¿Tal vez miedo de quedarse ahí para siempre? Un pensamiento que poco a poco, semana tras semana hasta completar las casi cuatro que ya llevaba de regreso, comenzó a crecer, la posibilidad de quedarse en San Gabriel, junto a su madre. Y la poza. Paloma. ¿Quería eso? Bastaba con mirar a su alrededor: el mundo como detenido, ¡congelado no, con ese calor! como si él no hubiera partido. El cielo, las casas, el ruido al pasar de los camiones, las moscas sobre los puestos de carnitas y barbacoa, los olores a fritanga y a alcantarilla, la ropa, las frutas, la sequedad de los huizaches y los rostros de los viejos, el café de olla, los huevos con frijoles que su madre le dejaba sobre la mesa, o la misma poza, sus tibias aguas, ese sol benigno sobre su piel desnuda. Todo le era conocido. Y sin embargo, algo había cambiado. Él, quizá. Él, que dieciocho años atrás se había llevado a cuestas la rabia y el dolor de una partida que siempre le pareció violenta e injusta, y que ahora, apaciguado en la viajada calma de sus casi cuarenta años, contemplaba desde otra perspectiva. Había odiado a su padre. Lo había odiado por haberlo separado de su pueblo, de sus amigos, de sus comidas, del rostro siempre comprensivo de su madre, y, ahora se daba cuenta, de Paloma. No hubiera conocido a Narita. Ni el frío. *Body and Soul.* Separado de todo aquello, ¿para qué? Para estudiar en el extranjero. La beca, la promesa en campaña del gobernador Rosales, y el prolongado empecinamiento del padre, cartas, besamanos, antesalas, hasta que, triunfal, sólo le faltaba la marcha de Zacatecas, llegó con la noticia: cumplió con su palabra. ¡París! El hijo pródigo del estado, a sus quince años, había que escucharlo: dotado de un talento natural para la música, las oficinas de prensa lo llamaron, por consigna gubernamental, virtuoso. Tal vez lo era. El padre atestiguó la precocidad, alentándola. ¿Por qué el clarinete? Héctor Orestes le dio por arrancar carrizos, y tras escarbarlos y hacerles los agujeros, aparecía la música. La anécdota, mal aprovechada por el corresponsal de un periódico capitalino, magnificaba el hecho con adjetivos grandilocuentes; comparaba su iniciación musical con la de Paganini o Beethoven, e incluía algo inventado: la sorpresa de los integrantes de la banda municipal, quienes tras un ensayo, se percataron que uno de sus clarinetes había sido robado; no tardaron mucho en descubrir al culpable; no un adulto el que encontraron en la habitación contigua, tocándolo, sino ese escuincle mocoso —no podían creerlo—, futuro becario del gobierno estatal para cursar estudios musicales en Francia. ¿Dónde ahora esos periodistas? ¿Dónde el hijo pródigo, vástago predilecto del estado? Aquí, obscuro, exento de los bombos y los platillos, el mismo que, tras trocar los estudios para convertirse en un músico callejero de jazz, regresaba convertido en ese augurio realizado: la parábola imperfecta, la del hijo que regresa desperdiciado.

Por supuesto que podía imaginarlo: la ira del padre. O mejor, su decepción. Si por lo menos hubiera atestiguado esos momentos, tal vez lo hubiera entendido, o disculpado. En un país nuevo, sin hablar el idioma, esas ocho frases mal pronunciadas, un repertorio lingüístico que lo limitaba a la soledad y a la nostalgia, la dificultad de ser, de vivir. La escuela, ni se diga. La bohemia, entonces, llegó como una tabla de salvación a la que se asió con diligencia y con cariño. En esas noches de alegría, además del *beaujolais* barato que le brindó sus primeras jaquecas, supo que la música no era esa tortura de salón de clase —el metrónomo, ese recuerdo tic tac de una existencia constreñida— sino instrumento de dicha; aprendió la sensación —y hoy, retorciéndose en la cama, se imaginaba a Paloma— de esos tibios despertares con mujer al lado; descubrió que el francés no era idioma imposible, y que el jazz, Boris Vian, Benny Goodman, eran lo suyo. Fue, y se lo dijo a su padre junto a su tumba, una época de libertad. De conocimiento. Eso era Europa. Francia. Eso era él. No el estudiante sino el *flaneur*, no el del aula sino el de la calle. Ahí estaba la vida, ¿no podía comprenderlo? Una vida que, olvidada la nostalgia y el rencor, le agradecía a su padre, al gobernador, que como todos, hasta París llegó la fama de su ser corrupto, a ése su México tan lejano, por haberle dado esa posibilidad, una vida infinitamente superior, atractiva, abierta, interesante, que aquel destino obviamente minúsculo, pueblerino, inocente, que le hubiera tocado. Sus cartas, por ello, fueron así, ingenuas —él mismo se sorprendía ahora que su madre se las había dado para leerlas—, y sin embargo, sinceras: ahí estaba su evolución existencial. Eso que Flaubert —leído a través de Stephanie, una de sus novias parisinas— llamaba la educación sentimental. Flaubert no le gustaba. Un prejuicio. Dos, de hecho. Stephanie, que lo estudiaba, decía que su ego era tan grande, su ambición tan poderosa, que con tal de alcanzar la fama no se detenía ante nada. Era capaz de sacar con los dientes, de entre la mierda, una moneda de oro. La frase, que apareció en una de sus cartas ahora recobradas, se le había quedado grabada en la memoria igual que aquella otra, que señaló la despedida: "¿la tragedia del amor? Que nos amen los que no amamos". La brutalidad de la cita, la ruptura de tres meses de una relación que parecía eterna, ese trato que no esperaba de Stephanie, sus pecas, su cabello largo hasta la cintura, su departamento lleno de libros, Juan Rulfo en la cocina, Carlos Fuentes en un librero junto a la regadera, el Neruda de los veinte poemas de amor y una canción desesperada que leyó ahí mismo, en francés, mientras ella se bañaba, le otorgaron, aparte de lágrimas, algunos versos sueltos y ese prejuicio flaubertiano, años, lustros, siglos de vida, atrás y adelante. Aprendía. Era, sin duda alguna, su educación sentimental. En París dejó virginidad, *sous* en las mesas de los bares, su nostalgia por el sol, las aulas, la estrechez de un mundo afortunadamente lejano, y la presencia de su padre. Allá él. La carta le dolió, le seguía doliendo, y sin embargo, todavía le quedaba la revancha: la esperanza de un futuro de renombre. No en la música clásica, en el jazz. No en la escuela sino en los boulevares, en las esquinas transitadas. Ya verían. Ahí estaba la vida. Vino, mujeres, Charlie Parker, Django Reinhard, o su venerado Boris Vian, o Claude Luter, clarinetista como él, y sobre todo ese futuro, los discos, las invitaciones a conciertos, el éxito que algún día vendría. Se dio a los cafés y a las esquinas del barrio latino o a las riberas del Sena. Su padre, mientras tanto, lamentando el descarrío, o con más vivir, seguro de su vaticinio, llegó a escribirle, un manazo de profesor de escuela: una existencia así conduce al fracaso, se debe tener no sólo talento sino disciplina, orden, el artista no es león, o lo es, pero disfrazado de cordero, regresa a estudiar, escucha lo que te digo. Palabrería inútil. Héctor Orestes, músico callejero, su clarinete se dejó escuchar en el Marais, en los pasillos del metro, frente a las FNACS y donde quiera que las hordas turísticas se adueñaran de julio y agosto.

"*Que reste t'il de nos amour...*"

Así la encontró. Narita cantaba en esa esquina de la *rue* de La Harpe, sitio de turistas malcomiendo en las mesas de la acera, ese París de vino pésimo cobrado como si fuera excelente, de olor a pizza, a drenaje, y de carnes crudas colgando, para desesperación de los hambrientos, en los escaparates de la pequeña Atenas. Narita, de pie, el violín agarrado como un pato recién cazado, interpretaba esa canción, una de sus favoritas. Charles Trénet, supo luego. En ese momento, una tarde que no tardaría en romper en lluvia, le agradeció su estilo, que no imitaba a la Piaf, como muchas cantantes lo hacían. La sorpresa, además, pues lo que empezaba como balada romántica, folklorismo con música de acordeones, se convertía de pronto en un arreglo de rock agresivo, y sin embargo, simpático. Narita se divertía. Su público también. Se fijó entonces en su cuerpo, jeans y una blusita, en el micrófono inalámbrico que parecía sujetarle el peinado, detenerle la quijada, en su equipo de sonido, precario y callejero, dos bocinitas y una grabadora sobre el piso, y en aquello que nunca olvidaría: su sonrisa. No la imaginó, por ello, nórdica. El estereotipo, el mismo mecanismo que a ciertos ojos lo hacía aparecer a él como hindú o como samoano; cantaba, además, en un francés que le pareció impecable. Era rubia, es cierto, su cabello corto como de trigo recién esparcido en las eras. De pronto, la lluvia. Narita, a riesgo de que su equipo de sonido y su violín se estropearan, siguió cantando. El show debe continuar, se reirían más tarde. Y sin embargo, en su rostro aún sonriente, se esbozó la calamidad, sombra de ayuno, porque su público, buscando refugio, comenzó a dispersarse. Héctor Orestes pasó la mano, recogió monedas y billetes, que le entregó bajo la cornisa de una tienda de recuerdos y tarjetas postales. Ella, chorreando agua, señaló la complicidad de los estuches, el suyo, el violín recargado en la pared, y el de él, su clarinete bajo el brazo.

Cuando la lluvia amainó, lo invitó a tomar una copa.

—¿Cómo son las europeas? —preguntaban sus amigos. Lo hacían entre risas y señas procaces y descripción de sus andanzas en las cantinas y los burdeles de la capital del estado. Fáciles, ¿no? Todas ellas.

Se las imaginaban, una a una cayendo en sus redes. Héctor Orestes, despreciándolos, los escuchaba. Lo hacía en silencio. Ese machismo altanero, esos genitales que presumían por metros, pseudo galanes de pueblo, tan buenos en la cama como para las cervezas, o como ahí, religiosos que eran, el rito de los jueves, cinco de la tarde la acostumbrada cita, con esos rosarios de carambolas, nueve y la décima de tres bandas, en su sitio preferido de reunión, los billares "Don Lupe". Todas, toditas todas, unas putas, alardeaban. Ellos, en Europa, no se darían abasto. Faltarían no ganas sino leche, como aseguró Pedro, el herrero, despertando la aprobación de los demás y las carcajadas, la solidaridad masculina. Ese Pedro, malcasado desde los diecinueve años, un embarazo al que le tuvo que hacer frente, y cinco hijos ya desde entonces; tres con su mujer y dos por ahí regados; mujeres, es cierto, no le faltaban, siempre así desde la escuela: echador, mujeriego, rápido para levantarle la falda a las meseras, alburero, dueño de piropos fáciles, o más que de piropos, agresiones verbales, lo mismo a las casadas que a las solteras. De todos, era el más preguntón. A cada respuesta, una broma, a cada descripción de una aventura, la presunción de que él no se hubiera andado con rodeos románticos, flores, botellas de vino, una serenata y cosas de ésas, que catalogaba como de jotos. Héctor Orestes, mientras le ponía tiza a su taco, a punto de golpear a la negra, un tiro fácil, y luego la de tres bandas, pensaba: estos pueblerinos, faltos de horizontes, sin atreverse a escapar de su destino, de esta geografía árida, ¿qué van a saber de mujeres? Nada. Y sin embargo —con eso se ganaba los tragos—, se unía a los comentarios. Les daba por su lado. ¿Las de mejor pierna? Las francesas. ¿Mejor pecho? Las alemanas. ¿Mejor cuerpo? Las italianas. ¿Las más fáciles? Las nórdicas, intervino Pedro, saboreándose a una rubiesota alta, pechugona, que imaginó entre sus manos burdas y gordas como guante de cácher. Héctor Orestes, con un susurro, lo insultó. Tu puta madre. Puto. Cabrón de mierda. Una sensación de culpa, pues se acordó de Narita.

El primer día, tras la lluvia y un trago de *pernod* en un café-tabac que miraba al Jardín de Luxemburgo, la acompañó por estaciones de metro y brincar de charcos hasta su departamento. Lo compartía con Astrid, su amiga escultora, otra noruega. La encontraron desnuda. Desnuda los recibió y desnuda se quedó, mientras hilaba alambres para la base de una obra en arcilla. Era difícil no mirarla, sin ropa, concentrada en su trabajo, la piel manchada de barro en los muslos y en las mejillas, en medio de la pequeña sala convertida en estudio. Era difícil sustraerse a esa imagen que, como una comezón en la entrepierna, le fue ganando en el ánimo: los tres en la cama. Benditos los europeos, tan liberados, y, para eso del sexo, tan modernos. En especial los nórdicos. Las nórdicas. Ya desde el camino, ayudados por la chispa del *pernod* y un sentido del humor que merecía prolongar el encuentro, se habían tomado de la mano, y en algunos trechos, se habían abrazado. Así llegaron al departamento. Ya había sucedido otras veces: la primera cita, y directo a la cama. No era la excepción, parecía. Todas unas putas, es lo que hubiera dicho Pedro. Y sin embargo, sentados los dos en un sofá duro e incómodo, Astrid dedicada, como en trance, a lo suyo, nada prometedor se avizoraba. La noche, que se estaba haciendo aburrida, avanzaba hacia ninguna parte. La fantasía se resquebrajaba. Narita bostezó; él también. Puedes dormir aquí, si quieres, le señaló el sofá y una cobija al lado, mientras ella se dirigía a su recámara y cerraba tras de sí la puerta. Héctor Orestes se quedó admirando a Astrid hasta que lo venció el sueño. Pasó un mes, y fue entonces que se acostaron juntos. Un mes de avances y rechazos, él besándole el cuello, asaltándole el pecho, y ella dejándose, aunque fría, sin mostrar reacción alguna, antes bien, con una expresión seria, como amonestándolo. Es en lo único que piensas, podía leérsele en el rostro; pero él no lo leía. Una vez, Héctor Orestes, de nuevo en el departamento de Narita, una noche que Astrid había salido a una exposición o a la ópera, intentó convencerla. Hombre al fin y al cabo, no veía en la tardanza más que pérdida de tiempo. Le habló, la besó, intentó caricias, hasta que Narita, como ofendida, se desnudó, y sin decir palabra, se recostó en el piso. Su cara de resignación no cambió ni cuando él se hincó junto a ella y le pasó la mano por la cintura y después por los senos. También se desnudó. Pero Narita no respondía. Ahí estaba su cuerpo, tócalo, muérdelo, bésalo, chúpalo, penétralo, haz lo que quieras, es lo que deseabas, ¿no? Aprovéchate. Y sin embargo, aunque desnuda en el piso, ella en realidad no estaba. Él lo sintió. Narita, inalcanzable. Y él, de pronto refrenado, más que herido en su amor propio, azorado, y después, aleccionado. La educación sentimental. Necesitaba amarte, le dijo ella tras hacer el amor y encender un cigarro, al mes de haberse conocido. Una explicación que, aún entendiéndola, Héctor Orestes encontró absurda. Para él, el amor eran palabras mayores, los dos se gustaban y eso era todo. No, no la amaba, le atraía su rostro que encontraba hermoso, podían comer del mismo plato, le tocaba a ella, y sólo a ella, *Body and Soul* con su clarinete, en el metro le cedía el asiento, la deseaba, la soñaba a ratos, le admiraba sus dotes de artista callejera, hubiera podido interponerse entre ella y el cuchillo de un asaltante, la imaginó en México, la presentaría a sus padres, a sus amigos, le había abierto su alma contándole sus secretos, y sí, si lo invitaba a Noruega seguro que la acompañaría, pero ¿amor?... No lo entendía. ¡Y ella tan fácil que podía decirlo! ¡Te amo! Así eran las mujeres: ni todas inocentes ni todas putas, Pedro, ni predecibles o impredecibles, por completo a la mano o inalcanzables, y cuando uno piensa que las conoce, el palmo de narices. Siempre lo mismo... y algo diferente. Como Narita. ¿Por qué continuó con ella? Tal vez porque ya estaba harto de ese París de invierno y limitaciones que nada nuevo le ofrecía. Después de un rato, la bohemia era igual que la vida misma: aburrida. Sólo el jazz le ofrecía consuelo. ¿Regresar a la escuela? No, para nada. ¿A México? No: hasta haber triunfado, se repetía. ¿Un casamiento al vapor para conseguir papeles? Era una opción. Mientras tanto, fuera de la ley, cauteloso con la policía, en un país que no era el suyo, anónimo y olvidado de todos, con esa vida que había escogido, nueva e interesante. También de eso se estaba cansando. El pago del alquiler, el vino, la "nurritura", como llegó a llamarle, y sobre todo un instinto de supervivencia que sin duda le heredó su madre, le hacían necesitar más de esos *sous* que nunca fueron bastantes por más esquinas en las que llegara a apostarse con su instrumento. Necesitaba un cambio, tal vez una nueva vida, y tras esos años de vagabundeo, fue entonces que llegó Narita.

—Así es allá —se alzó de hombros.

Se los contó a Pedro y a sus demás amigos: la manera como Narita lo llevó a Noruega a vivir a casa de sus padres. La descripción recalcaba el hecho de que, a pesar de encontrarse bajo el techo paterno, dormían juntos. Agregó una seña que no dejaba lugar a dudas: lo de dormir era un eufemismo para… Se escucharon unas risitas. ¿Los padres? Héctor Orestes se alzó de hombros: no les importaba. Hubo quien le preguntó por el precio del boleto de ida, porque allá iban a quedarse, y otro por amigas o hermanas de Narita. Héctor Orestes, mientras le pagaran las cervezas, una torta o el billar, podría cruzarse de brazos. Su reputación era la de alguien bien vivido. El despecho de Pedro, sus burlas, su desplante triunfalista cuando le ganó en el billar la semana pasada, se explicaban por sí mismos. Si él presumía de mujeres, Héctor Orestes, le ganaba en número y en variedad: güeras, morenas, negras, pelirrojas, italianas, maltesas, griegas, noruegas, y por supuesto, francesas. Lo había desbancado. Ellos empezaron con las preguntas y él continuó, al ver que sus respuestas le llenaban la copa y lo hacían una especie de envidiado héroe entre los hombres del pueblo. Los despreciaba. Para él su estrechez de vida, sus conversaciones, sus picardías, su falta de conocimiento del mundo, las mujeres, la música, le resultaban lacerantes. Otra de las razones para irse del pueblo de inmediato. Y sin embargo, un poco a manera de venganza, se acostumbró a mentir. Al exagerar sus aventuras, los entretenía, y al hacerlo, les recordaba lo provincianos y pequeños que eran. También su estupidez. Una vida, la de ellos, la de la fantasía machista, poblada de mete y sacas masturbatorios, y una vida, la de él, que hubieran querido para ellos, mujeriega, interesantísima, aunque adornada con mentiras, como soldado que regresa del frente de batalla. ¿Astrid? Esa primera noche nada más con Narita, la puerta de su recámara entreabierta para que yo la siguiera; al día siguiente, claro: los tres en la cama.

—¿Es cierto que has estado con muchas mujeres?
—Mentiras que cuentan —le respondió a Paloma.
Esa noche la vería. Su madre, sin decir quédate, no te vayas, lo decía de otra forma, con el desayuno que a él le gustaba, silenciosa ante sus escapadas al billar, su regresar tambaleante aunque necesario de los jueves, con su llorar por el esposo muerto y su letanía telenovelesca, mi destino es quedarme sola, o con su deslizar, fíjate, que el presidente municipal mostraba interés en conocerte, y acaso en contratarte, hubieras visto su cara cuando hablé de ti, anda buscando un secretario particular, tú estás que ni

mandado a hacer, o con su paulatina mención de Paloma, y finalmente, con la invitación que le hizo para cenar con ellos.

—Es una buena muchacha.

Viuda. El marido, maestro igual que ella, aunque de secundaria, muerto un día que viajó a una protesta a la capital, un camionazo por los rumbos de Querétaro. De eso, hacía… cinco años. Paloma desde entonces reservada, casi tímida, diríase que temerosa del mundo, de cualquier medio de transporte, de los hombres, del rechinar de llantas. Vieras, en la calle, cómo le lanzan piropos, ella, ni en cuenta, una mujer decente, de su casa al trabajo y viceversa, una maestra buenísima, los niños, encantados, uy, cómo la adoran, muy chambeadora, muy lista, y vieras qué rico cocina, una mujer como la que te conviene, mijo. Además, esa primera noche la hizo enrojecer, mírala, ¿a poco no se cae de chula? Lo del marido, un tubo que le atravesó el pecho, una tragedia. Fue horrible. Llore y llore. Pero la vida continúa. Es lo que le digo: no te cierres, búscate un hombre bueno, que te merezca, cásate de nuevo. Rehaz tu vida. Y la de él. Plan con maña. Héctor Orestes lo supo desde el principio. Paloma, del brazo de la madre, rompiendo en lágrimas por la viudez compartida, el recuerdo de la una y el dolor todavía cercano de la otra, pero ya desde entonces le hablaba de ella, lo convencía. La complicidad. Una muchacha tan buena...

—Perdón.

Fue un beso rápido, casi robado. Héctor Orestes pidió disculpas y la disculpa fue del agrado de ella. La recordó en la escuela, compañeros en quinto y sexto, una niña como cualquier otra, y mírenla ahora. Su piel morena, las cejas tupidas, esas piernas fuertes, los redondeados pechos, sus faldas. Su madre, esperanzada. Contenta. Paciente. ¿Le contaría del beso? O esa noche, en la cena, ¿cómo se comportarían? ¿Como si nada? Quería verla. Esa sensación en el estómago. En la poza fue Narita, una Narita que, al cabo de asolearse con él por un rato, se tornó en otra: Paloma. Acaso la invitaría. ¿Sabía nadar? No habían hablado de eso. Bastaba con tenerla ahí. Mañana, tal vez. Le hablaría, al rayo del sol, de sus días invernales, París y Oslo. La nieve, que bien pronto perdió su encanto para convertirse en una maldición de meses glaciales. Ahora lo entendía: Narita misma, que, incluso en la frialdad de marzo, se levantaba la falda o se arremangaba la blusa para aprovechar cualquier resquicio de sol que la salvara con breve candor de la palidez de su piel y el rigor del invierno. Esos años: ¡tocar el clarinete en las calles nevadas de la antigua Cristianía!

Se puso su ropa. Su madre estaría cocinando, Paloma, terminando de dar clases. Caminó por la polvosa vereda. Cuando llegó al pueblo, se dirigió a "El oso Polar", abrió el refrigerador y se decidió por una de frambuesa. Estaba retrasado. Fue a casa por su clarinete. En la sala, su madre le mostraba a una vecina parte del único regalo que Héctor Orestes le había traído de su viaje: una guía de París ilustrada. Eso, y unas monedas noruegas. La madre las había mostrado a todo mundo en el pueblo. Esa tarde, frente a la vecina, lo llamó: léenos algo en francés, traduce esto: "*Les guides qui montrent vraiment ce qui est á voir*". Lo tenía tomado del brazo, orgullosa. Ahora lo sabía: no había sido del padre de quien sacó su espíritu de sobrevivencia; era de ella. El mundo giraba, los años pasaban, el esposo moría, y ella entera. Llorosa a ratos. Muy al principio, era cosa de equivocarse, de decir no tarda en llegar tu padre, o pónle el vaso que le gusta, o guárdale un poco, no te acabes la comida, y un soltarse a llorar, desconsolada. Ya no. A la inercia del no puedo creer que esté muerto y llorar, ahora se mostraba fuerte, cambiaba de tema o se quedaba en silencio. La flor diaria en la tumba, pero, en lugar de dejarse llevar por la tristeza, ese ánimo de sobrevivencia. ¿Y aquí? le señaló otra página: *Les tapisseries de la dame á la licorne*. ¿Comes algo? Ya estaba lista la cena, unas chuletas de cerdo en adobo, o un taquito de lo que había sobrado de anoche. No tengo tiempo, más tarde, ahorita regreso, adiós, doña Alba.

—En francés —le pidió su madre.

—*Au revoir...*

En la plaza, desde hacía rato, ensimismado en su juego de perseguir palomas, lo esperaba Tomasito. Le apodaban el lagartija por sus brazos pequeños de reptil o de batracio. De grande le dirían el sapo o el cocodrilo, le bromeaba, dependiendo de si engordas o te quedas como estás, de tilico. Se ganaba, junto con su padre y dos amigos de éste, algunos pesos tocando en el mercado, en el parque, o apareciéndose en bodas, quince años y bautizos. La banda del pueblo, se autollamaban, menos con exactitud que con ingenua ternura. Tomasito, en apariencia tímido, en verdad desnutrido, mostraba cierto talento, disposición para tocar el clarinete. Héctor Orestes le enseñaba. Se ofreció hacerlo a la tarde siguiente que lo descubrió tocando en la plaza. De eso hacía dos semanas, y desde hacía dos semanas que Tomasito el lagartija se había aparecido sin faltar a la lección diaria. Sus ojos, cuando Héctor Orestes, tras presentarse con los de la banda, ese olor a tequila, instrumentos de segunda mano, abollados, tocó *Stompin' at the Savoy*, se abrieron grandes e interesados. Así que el clarinete podía tocarse de esa manera. En la bolsa llevaba canicas, huesos de chabacano pintados para la matatena, o se ponía a jugar, antes de la cita, a la roña o al futbol con otros niños; a la hora de la lección se mostraba atento. Callado, durante una hora u hora y media luchaba, se desesperaba por no alcanzar la nota, el sube y baja de las armonías, el ritmo que marcaba con el tamborilear en el piso de sus huaraches gastados, y cuando lo lograba, ninguna palabra, porque la lengua, era la broma, se la habían comido los ratones, su cara se iluminaba, una cara morena y larga, traviesa, y a pesar de la anemia, vivaracha y simpática. Ya había hablado de él con Paloma: no iba a la escuela. Prometió inscribirlo recién iniciara el siguiente año escolar, y mientras tanto, si él quería, podía tenerlo de oyente. Tomasito dijo: a lo mejor. Héctor Orestes a diario lo trataba de convencer, y a diario, también, su respuesta era la misma: a lo mejor. Mañana, como la carta que Héctor Orestes le debía a Narita. Esa explicación. ¿La de Flaubert? y se alzaba de hombros. Chamaco tonto, no sabes lo que te conviene. Al verlo, lo saludaba con un *bon jour*, y de cuando en cuando, cualquier otra cosa en francés. Tomasito el lagartija nunca dijo ni respondió nada, se llevaba una mano para rascarse la oreja sin entender ni una palabra; y sin embargo, esa tarde, en el sitio de reunión que era el de siempre: una banca en una de las esquinas de la plaza, lo sorprendió con un bonyur juguetón que a Héctor Orestes le alegró. Se vio a sí mismo en París, muy al principio, repitiendo esa frase, de entre las dos o tres únicas que sabía. ¿Acaso Tomasito algún día? Se sonrió. La vida es extraña. Véanlo a él. Hace dos meses allá, y ahora aquí, de regreso al sol, a su casa, a la poza, enseñándole a tocar el clarinete a este escuincle de brazos de reptil. A ver, ¿fuiste hoy a la escuela? No. ¿Practicaste lo que te enseñé ayer? Tomasito negó con la cabeza. La actitud, más que molestarlo, le divertía. Sin embargo, así sea por hacerle la broma, debía regañarlo. Así no llegarás a ningún lado, se sorprendió diciendo, el eco de la voz de su padre en su recuerdo. Estudia, sé un hombre de provecho. Tomasito el lagartija bajó los ojos. Héctor Orestes le pasó una mano por el cabello. Un gesto que lo reconcilió con su propia edad: se sintió maduro. Reflexionó: tal vez no era nadie y no tenía nada, a no ser esos doscientos veinte dólares que no quería verlos esfumarse en un ratito, pero ahí estaba su clarinete, y ese niño, del que era su maestro, y su madre, que cómo lo presumía, y sus amigos, que lo tachaban de *play boy* internacional, y lo más importante, papá, esos años que habían sido de aprendizaje. Había aprendido a beber, a andar con mujeres, a hablar francés, noruego, a tocar jazz, a madurar a fuerza de emociones y de golpes, y bien mirado, a sobrevivir en el mundo. Un hombre en el mundo, eso era. Porque la vida, lo había estado meditando todos estos días en la poza, no era algo que se planeaba; era algo que salía. Así le salió a él. Si no era verdad, por lo menos era su disculpa; eso le bastaba. Mañana, en su tumba, se lo diría. No tengo nada de qué arrepentirme. He tratado, simplemente, de vivir mi vida. Ésta, la que me ha tocado. La que tú me diste, papá. Respiró a gusto. Se limpió el sudor de la frente. Qué calor, ¿eh? El niño asintió, y queriéndole copiar el gesto, también suspiró y se limpió la frente. Me gusta el calor, dijo. Ese calor que, aún debajo del árbol, era una delicia. A mí también, susurró Tomasito. Respiró hondo. Y me gusta estar aquí. El niño como que no estuvo de acuerdo y guardó silencio. Héctor Orestes miró a su alrededor: las caras que, por conocidas, eran amables, la pobreza del lugar, que más que deprimirlo, aceptaba, los perros callejeros, a los que Tomasito había bautizado como golfo, chispita, y aquel, el más grande, manchado, o doña Luz, que recogía su puesto de sopes, o ese cielo, por entre las ramas del eucalipto, luminoso y azul, carente de nubes.

Le hubiera gustado a Narita.

Le llegó una brisa tibia. De nuevo esa sensación: la del estar así, en mangas de camisa, sudoroso, bronceado. Lo agradable del clima. Trató de recordar esa frase de Flaubert, algo relacionado con una lagartija, el sol y la belleza. Así se sentía él, pero la frase, en la punta de la lengua, no llegó a recordarla. Había desaparecido, como el rostro de Stephanie, sus pecas. ¿Y Narita? Ella seguía ahí. La mandaría llamar. Nadarían juntos, comerían paletas, le diría a Tomasito el lagartija: mira, es mi novia. O tal vez...

"*Que reste t'il de nos amour...*"

—A ver, te voy a enseñar una canción. Mi favorita.

El niño escuchó atento.

Body and Soul.

La tocó, y al hacerlo, se dio cuenta que no pensaba en Narita. Esta noche invitaría a Paloma a acompañarlo a la poza.

ÍNDICE

Las vacaciones en el *Libertad*
   del zurdo Barrenechea 9
Millroy, los generales de Mao
   y los pájaros muertos 21
La viuda de Fantomas 39
La muerte de Martí
   a la salida del colegio 53
Marilyn Monroe y otros familiares 65
Body and soul en San Gabriel 101

La viuda de Fantomas
fue impreso en octubre de 1999 en
Impresos Editoriales,
Agapando 91,
04890, México, D.F.